すべての男は消耗品である。最終巻

村上 龍

すべての男は消耗品である。最終巻

Contents

今、何も流行っていない

Sent: Monday, November 14, 2016 11:16 PM

　以前、年下の編集者について、「わかってない人が多い」と書いた。これまで「こんなものだろう」と思って、付き合ってきたのだが、最近「何か、変だ」と思うようになった。年下といっても、20代はあまりいなくて、だいたい30代から40代が多く、50代の、たとえば雑誌の編集長、文芸局の上級職、取締役など役職についている友人もいる。わたしももう60代半ばなので、周囲はたいてい年下だ。同年配だと、たいていすでに経営者となっている。

「何か、変だ」というのは、食事における会話のやりとり、その構図が、奇妙というか、不思議なことに、わたしがデビューしたころとあまり変わらないということだ。どういうことかと言うと、わたしがずっと話し、年下の友人、スタッフたちは聞き役となる。誤解して欲しくないが、わたしは、もともとお喋りではないし、みんなの前で知識をひけらかしたりするのが嫌いで、説教などは論外で、絶対にしない。

仕事上ミスをしたり、必要なコミュニケーションを怠った場合は、ロジカルに注意するし、相手に露骨な勘違いがあり、その理解がないときには声を荒らげることもある。だが、説教はしない。優しいとか、そういうわけではなく、説教は面倒で、食事もまずくなるし、幼稚園のころからわたし自身説教されるのが何より嫌いだったので、他人にも説教はしない。

それでは、食事の間、どうしてわたしがいつの間にかメインの話し手になるかというと、他の人の話がつまらないからだ。「そんな話はつまらないから、止《や》めろ」と率直に指摘するのも図々しい感じがするし、面倒なので、つい自然に話し手になってしまう。わたしは俗に言う「話し上手」ではない。ただ話し手のときは、できるだけ論理的に、またわかりやすく話そうと心がける。過去の海外旅行など、昔話も多々ある。

＊

作家としてデビューしたのは、24歳だった。周囲は、みな年長者で、40歳前後の、局長、出版部長、編集長、そんな肩書きの人たちがメインだった。デビュー作は「ロックとファックとドラッグ」がモチーフとしてちりばめられていて、周囲のおじさんたちにはそういった知識がなく、わたしの話を聞きたがった。わたしが福生に住んでいたときのこと、バリケード封鎖や、自主フェスティバルをやった高校時代のこと、それにデビュー直後からひんぱんに出かけたニューヨークや東アフリカの都市やリオ・デ・ジャネイロのことも聞きたがった。

たとえば当時の映画、スコセッシの『タクシードライバー』や、F・コッポラの『地獄の黙示録』などもよく話題となったが、やはりわたしがおもに話し手になった。ビートルズやローリング・ストーンズ、ドアーズ、ジミ・ヘンドリックス、ヴェルヴェット・アンダーグラウンドなどの音楽も、よくおじさんたちに解説したものだ。小説も、わたしがずっと読んできたジャン・ジュネやセリーヌ、ル・クレジオなどの他に、『長距離ランナーの孤独』とか『ブルックリン最終出口』とか、そんな作品の話題も出たが、わたしはほとんどいつも情報・知識の提供者だった。

そういった構図が、周囲が年下ばかりになった今もあまり変わっていない。これはどこか不自然ではないだろうかと、ふとそう思ったのだ。一般的に、年長者は知識のストックがある。経験も豊富だ。たとえば年下の友人たちは、キューバをはじめとして、他のいろいろな国への旅行について聞きたがる。『カンブリア宮殿』収録のエピソードも人気があるし、さまざまな料理やワインにも興味があり、また過去の作品がどういう経緯とアイデアで書かれたのかも知りたがる。わたしの話には確かに需要があるようだ。

しかし、逆に、わたしが年下の友人たちから新しい情報や知識を得ることがとても少ない。デビューしたばかりのわたしが周囲の40歳前後のおじさんたち相手に話した「ロック、ファック、ドラッグ」みたいな話題がない。ＩＴはどうだろうか。ＩＴに関しては、確かに若い人のほうが詳しいと思う。だが、専門性の高いプログラマーがいても、単純なプログラミング技術の話はそれほど興味深いものではない。数学的な要素を一般化して、文化的な話題にできるような人は、わたしが知る限り2、3人しかいない。

＊

何か新しい文化的情報は本当にないの？　と先日30代前半の友人に聞いたら、「龍さん、ピコ太郎って知ってますか」と、彼女はそう言って、ジョークですと笑った。ピコ太郎は知っているが、興味がない。

新鮮な情報や知識を得ることが少ないのは、今の若い友人、編集者たちがバカで無能というわけではない。確かに、情報や知識への餓《う》えが少ないと思うこともあるし、たとえば文学に対しての偏愛があるのだろうかと疑うこともある。でも、彼らが知力や能力において、古い世代に劣っているとは思わない。社会状況は悪くなっているが、文化の領域では60年代以降、ほとんど変化がない。ファッションがわかりやすい例かもしれない。60年代後半、ミニスカートが世界中に広まったが、一部の超保守派からかなりシリアスな攻撃を受けた。そのくらい衝撃的だった。

今、世界でも、日本でも「流行」自体がない。アパレルは、一流モデルを使い、莫大な宣伝費で流行を生み出そうとはしない。GAP、ユニクロ、しまむら、ZARAなどは、企業形態・素材・流通力・情報と製造の融合などで、量販を目指した。だが、ひょっとしたら圧倒的な競争力の主因となる新規の素材・デザイン・店舗・製造流通システムなどは、アパレルに限らず、もう存在しないのかもしれない。器機メーカーでも、プリウスやiPhone以降、決定的な製品がなく、たとえば自動車業界は「自動運転」にフォーカスするしかない。現代のアパレルは、市場のセグメントを精密に分析し、それらを精妙に組み合わせるという方法しか採れない。

文化のトレンドは永久に続くものではなく、一時的だからこそ価値があるのだと思う。古典派やロマン派や印象派の音楽は新しく作れるわけもなく、再演されるだけだ。そういった意味ではロックもジャズも終わっている。そんな時代、若い編集者、友人たちが、わたしのような60代の作家に伝えるべき新しい情報・知識は、極めて少ない。だが、それは、彼らだけに原因があるわけではない。

早起きが苦手で作家になった

Sent: Saturday, December 10, 2016 6:04 PM

「働き方」が問題になっているようだ。政府は、「働き方改革実現会議」を開催し、「同一労働同一賃金」「賃金引き上げと労働生産性の向上」「時間外労働の上限規制など長時間労働の是正」「雇用吸収力の高い産業への転職・再就職支援」「テレワーク、副業・兼業といった柔軟な働き方」などに取り組んでいくのだそうだ。

大変に立派で、やりがいのある改革だと思う。実現すれば、すばらしい成果を生むだろう。だが、政府主導で実現するかどうか、わたしにはわからない。

最近では「残業は悪」という考え方が広まりつつある気がする。残業を廃止・禁止した企業もあるらしい。わたしは、会社勤めの経験がないから「残業」について、よくわからない。朝9時に会社に出勤し夕方5時に退社するという経験がまったくないから、退社時間をすぎても会社に残って仕事を続ける感覚のようなものが理解できない。おそらくいろいろな業界で、過酷な残業は多いのだろう。外食でブラックと噂されるような会社では、残業手当がつかない管理職にして、思いっきり長く働かせるあくどい方法もある。

正社員に留まりたいという理由で、過酷で劣悪な労働環境に耐えている多くの若い人がいるというのに、こんなことを書くのは気が引けるが、わたしが作家になった大きな要因として「早起きが嫌い」というのがある。早起きがいやで作家になりました、とインタビューなどで答えると、以前は「ほんとですか」と信用してもらえないことも多かった。だが、今は、自殺したり、過労死したり、うつになったりする若い人が増えているので、「早起きがいやで作家に」と答えるのを止めるようになった。

「早起きが苦手で嫌い」というのは、単に、朝早く起きるというだけではなく、自分が望まない時間に起床しなければいけないという意味合いも含まれる。「自分が望まない時間の起床」というのは、わかりやすく言い換えると「もっと寝ていたい」ということだ。30代半ばで、友人に誘われてゴルフをはじめた。一時期は、海外取材に行くときも、ハーフセットを持っていったし、有名なゴルフ場があるハワイのコンドミニアムを買ったりした。だが、テニスと違って、ゴルフは長続きしなかった。楽しめるレベルまで上達するのがテニスより長くかかる気がしたというのもあるが、ゴルフを止めた最大の理由は早起きだった。ゴルフはどういうわけか、早起きしないといけない。イギリスとか、夏は日が長いので夕方からコースを回ることができるし、ハワイでもトワイライトという夕方からのプレーが可能だったが、とにかく日本では早起きが必須だ。

*

こんなに早い時間に起きなければプレーできないのか、とあっさりと止めた。

「釣り」を止めたのも同じ理由だ。「釣り」そのものは好きだった。カナダにサーモンを釣りに行ったこともあるし、巨大な滝で有名なイグアスまでドラドという魚を釣りに行ったこともあるが、やはり一時的なものだった。作家なので朝早い仕事というのは基本的にないが、地方での講演や取材なども、早起きが必要なものはやらないように心がけてきた。だが10年前からはじまったTV番組のMCの仕事は、早起きが必須となっていて、今でも前夜とか、かなり緊張する。収録が不安で緊張するのではなく、早起きがいやで緊張するのである。「じゃあ、お前は『夜型人間』なのか」と言われそうだが、どうもそうではないらしい。夜型人間というのは、朝早い時間には心身ともに活動が鈍くなる人のことを言うらしい。『カンブリア宮殿』で、朝6時に起きて、9時から収録という場合でも、わたしは何とか乗りきる。だから、わたしは夜型人間ではない。朝早く起きようと思えば、たぶん起きることができる。ただ「起きよう」と思わないだけだ。

だから、わたしは「働き方」について、意見を述べる立場にはないのかもしれない。小説の執筆は、別に夜だけということはなく、いつでも書く。箱根の別荘で書き下ろしを書くときは、だいたい一日中机に向かう。だから「怠け者」というわけでもないのだが、睡眠は充分に取る。以前は、必ず8時間、寝るようにしていた。加齢とともに睡眠時間は自然と短くなっていくらしいが、わたしは、ひょっとしたら若いころよりたくさん寝ている。寝過ぎて頭がぼーっとして仕事にならないことも多いが、それでも「もう眠れない」というまで寝る。

＊

そんな感じなので、「残業」に関しては、とにかくよくわからない。残業にどんな成果があるのか、また成果はまったくないのか、実感としてわからない。ただし、「働き方改革」は簡単ではないと思う。同一労働同一賃金は、基本的にはまったく賛成だが、単純作業以外、「同一労働」というのが実際に存在するのだろうか。たとえば旋盤や溶接といった作業でも、初心者から名人にいたるまで幅が広い。名人になると、NASAの宇宙船の溶接を頼まれたりしていると聞いた。

わたしのTV番組のスタッフに、T君というディレクターがいる。T君は『カンブリア宮殿』がはじまったころからのスタッフで、企画・取材・編集ともにすばらしく、エースと呼ばれている。それで、彼は、平気で3日間くらい寝ない。寝るのが嫌いなわけではなく、編集など絶対に妥協しないので、寝る時間を削るしかないのだ。先日、3日間一睡もしてないというT君と夕食をともにした。寝てないので、身体が栄養を欲しているのか、ものすごいペースでものすごい量の中華を食べていた。そのあと、別れるとき「ぼく、少し仮眠しますので、お先にどうぞ」と言うので、どこで寝るんだろうと不思議に思っていると、ホテルの近くの多目的広場の階段に横になり、すぐにいびきが聞こえてきた。

こんなところで寝てだいじょうぶかなとプロデューサーに聞くと、「この場所はさほど寒くないので死ぬことはないと思います」という答えが返ってきた。T君の例を示したことで、モチベーションが大きければ残業は苦ではないはずだと、決してそんなことを言いたいわけではない。T君はいろいろな意味で特別なので、参考にはならない。わたしもかなり特別なので「働き方」に関して発言は控えたい。なんだかよくわからないエッセイになってしまったが、わたしは明日もたぶん必死になって長く寝ようとするだろう。

「偏愛」が消えてしまった

Sent: Sunday, January 15, 2017 8:32 PM

前にも、年下の編集者について、「わかってない人が多い」と書いた。年下といっても、わたしはすでに64歳なので、同年輩の編集者は、ほとんど退職している。最近気づいて自分でも驚いたのだが、50代の編集者に関して、違和感を覚えることが増えた。50代といえば、編集長とか、出版部長とか、取締役とか、たいていそれなりのポジションを得ている。違和感にいたった経緯のディテールを書くのは避けるが、彼らは編集に関してはベテランで、経験も豊富だ。だが、出版・編集は業界としてかなり狭い。加えて、たとえば自らが手がけた作品に映画化のオファーがあったような場合でも、どちらかといえば強い立場にある。

違和感の正体は、けっこう複雑だった。彼らは、だいたいにおいて、「いい人」だ。バブルのころに、20代から30代を過ごしていて、当時は出版社も業績がよかったために、よい思いをしている。平社員でもタクシーが使えたり、力のある作家と仕事をしていれば、かなり高級な店で飲んだり食べたりできたし、当然給与もよく、しかも昇給が当たり前だった。そういった時代性もあり、性格的にも鷹揚《おうよう》で、明るく、基本的に周囲からも嫌われることがない。

それでは肝心の、仕事において能力があるかという問題だが、編集者の場合、能力とは具体的に何を指すのか、定義がむずかしい。売れる作品を書く作家とよい関係性を維持するというのも重要だ。卑近な言い方をすれば、「流行作家と仲がいい」というようなことになる。強い信頼関係がなくても、よい飲み友だちで、作家からプライベートな相談を受けるような感じだったら、だいたいそれでOKだ。じゃあ、簡単な仕事かというと、そうではない。神経質で、うるさい作家も少なくないので、理解力と辛抱強さが求められることも多い。締め切りギリギリに、作家が滞在するホテルのロビーで数時間原稿が上がるのを待つ、みたいなことも厭《いと》わない。考えてみると、編集者も因果な職種だと思う。

＊

50代の編集者には、よいところもたくさんある。まず小説やエッセイなど文芸作品に対する正統な「偏愛」を持つ人も多い。小説が好き、エッセイが好き、出版が好きというだけではなく、無自覚で、かつ無制限の愛情とシンパシーを持っていることが多い。それが、若い編集者との最大の違いだと思う。勘違いしないで欲しいが「偏愛」というのは、「マニアックな愛情」とは少し違うし、文学が大好き、文学を読むことが大好きというのとも違う。

文学によって、他では得られない刺激と充実を得てきて、それが刷り込まれているということだ。若い編集者は、そういった体験が少ない。インターネットをはじめとして、ありとあらゆる情報が氾濫し、その中で、担当する作家から、「人生が変わってしまうような」作品を提供される、みたいなことが非常に少なくなっている。

また、「広く小説を読むのが好き」というタイプは、逆に「偏愛」を抱くのがむずかしい。小説を読むという行為が好きなわけだから、批判精神が薄くなることがある。どの作品にもいいところがある、というような偏愛はない。偏愛は、強烈な好き嫌いを伴っている。世界中の誰もが嫌悪しても、自分はこの作品にシンパシーを覚える、それが偏愛だ。偏愛が無条件に、また一般的によいことかどうかはわからない。

だが、出版界に限らず、ビジネスにおいて、偏愛はときとして有力な武器となることがある。「誰が何と言おうと、自分はこの商品が心から好きで、他に代わるものはないとわかっているので、絶対にあきらめずに売り込む」という営業は、たいてい成功する。『カンブリア宮殿』という番組では、そういったビジネスマン、経営者が数多く登場した。たとえば、車の営業マンでエースといわれるような人は、口がうまいのではなく、その車を愛していて、なぜこれほど強い愛情を持つことができるかを、顧客に伝える、そんなタイプだ。

＊

どういうわけか、50代の編集者、出版人を褒めるような感じになってしまったが、批判の要因は、賞賛のすぐ隣にある。ひょっとしたら出版界に限らないのかもしれない。50代半ばといえば、他の業界でも、バブルによっておいしい思いをした連中、ということになる。金融でも、不動産でも、他のサービス業でも、狂ったような好景気を経験しているので、彼らの中では、往々にして成功体験がベースになっている。バブルの時期と比べると、今がどのくらい厳しく、世知辛く、需要が少なく、モノを売るのがむずかしいか、頭では理解していても、実感を伴わないことも少なくない。

もちろんまっとうな自信を持つ人もいるが、単に好景気のせいで画期的なパフォーマンスが可能だっただけなのに、その実感の積み重ねが自信となり、血肉となって刷り込まれている人もいる。そういった人は手に負えず、若い優秀な後輩たちは「がまんできない、早く辞めて欲しい」と思っているはずだ。

ただ、わたしが言及したいのは、そういったバブル期を引きずるダメな50代ではない。ダメということではなく、参ったなという思いであり、それは、彼らが狭い業界に長い間いて、それなりに成功と評価を得てきたことに起因している。彼らには、骨身に染みるような危機感がない。「仕事ができない」のではなく、ひょっとしたら自分にはこの仕事はとてもむずかしいものになるかもしれないという意識がない。「できる」という過信があるというわけではない。「できないかもしれない」という不安がないのだ。そしてそれは、たとえば異業種とのビジネスにおいては、かなりのリスク要因となる。

この仕事は不慣れなので自分にはできないかもしれないという不安がない場合、異業種とのコミュニケーションは、とてもむずかしくなる。不安は、好ましいものではないが、危機感を生むので、大切なモチベーションとなることもある。まず、コミュニケーションを取る際に、徹底して相手の立場に立つという基本を常に留意するようになる。それがないと、異業種との作業は大きなリスクを生む。

何か、歯切れの悪いエッセイになってしまった。歳を取るというのはこういうものなのかなと思う。信頼が消えていくわけではないが、孤立感が深まる。危機感を共有できないのは、かなり辛いし、甘えが生じるときもある。自分や、他の誰かに甘えるのを拒否し続けながら長く生きると、ポジションを維持できても、孤立することがあるんだなと、最近そんなことを思う。

欧州チャンピオンズリーグと、将棋

Sent: Saturday, February 11, 2017 4:20 PM

テレビは、録画したもの以外、まったく見なくなった。ニュースを見るのも苦痛だ。話題となっているトランプ大統領に関しても、日本のニュースは、アメリカを中心に世界各国の報道の後追いに終始している。トランプについては、わたしはよくわからない。評論家は「半年で潰れる」「経営者的な発想で、政策としても成功するだろう」などと正反対のことを言ったりしている。英語の勉強としてNYタイムズのヘッドラインのサマリーを毎日読んでいるが、トランプ大統領への批判がすさまじい。ここまで主要メディアと敵対した大統領はいない、それだけは確かだ。

録画して見るのは、サッカーと将棋だ。サッカーは「スカパー！」で欧州チャンピオンズリーグを見る。将棋は、NHK杯と、CSの「囲碁・将棋チャンネル」でオンエアされている「銀河戦」を見る。だが、欧州チャンピオンズリーグと将棋は、画面と制作規模が対照的だ。将棋は、まったく画面が動かないことも多く、一時停止にしたかなと勘違いすることもある。画面には、対局する2人の棋士と、棋譜読み上げなどで同席する2人、それに別室で解説するプロ棋士と聞き手の女流棋士、総勢で6名しかいない。対局者は当然座っていて、ときおり前屈みになったりするが、駒をつかんで、盤上に置くだけで、動きもほとんどない。

将棋に比べるとサッカーは、もう形容しようがないくらいの動きがある。当たり前だが、フィールドプレイヤーは走るし、監督もよく動くし、ものすごい数の観客は、ゲームの流れに対応して、まるで大波が揺れ、押し寄せるような感じで、マスとして常に動いている。ゲームが行われる空間の広さも圧倒的に異なる。将棋は、6～8畳ほどの対局室と、解説用の大盤が設置された狭そうな別室だけだ。サッカーのスタジアムは、たいてい何万人という観客を収容するための巨大な建造物となっている。番組としての制作費も比べものにならないだろう。

＊

だが、共通点もある。ゲームを決める戦術の基本として、どれだけリスクを取るか、が最大の興味であるということだ。サッカーでも将棋でも、攻撃と防御があり、それぞれ得意、不得意がある。しかし、当然のことながら、攻撃だけのサッカーチーム、攻撃だけの棋士は存在しない。「攻撃は最大の防御」という言葉があるが、体力的にも精神的にも技術的にも、ずっと攻撃を続けられるわけがないので、防御を怠ったチーム、棋士は必ず負ける。そして、サッカーでも、将棋でも、トップクラスは、攻撃と防御のバランスが優れている。

たとえば攻撃型といわれるドイツのドルトムントだが、ディフェンスにも、地味だがよい選手がそろっている。ディフェンス主体のチームとしては、イタリア代表がその典型だが、かつては、R・バッジョ、シニョーリ、デル・ピエーロ、インザーギ、モンテッラなど、特別な才能があるFWの選手がいた。そしてたとえば、ピルロというボランチから、インザーギに、正確なロングパスが出ていた。味方ディフェンスがボールを奪おうとする瞬間、全力で敵ゴールに走り出すデル・ピエーロの姿を見るだけで興奮したものだ。しかも、かつてはディフェンス陣に、F・バレージ、カンナバーロ、ネスタ、P・マルディーニなど、当時の欧州サッカーを代表するトップクラスのディフェンダーがいた。

サッカーのことを書きはじめると止まらない。この調子だと、将棋のことが書けなくなる。将棋は、昔から好きで、とくにこの数年間、よくテレビで見るようになった。若手の台頭も目立ち、不世出の棋士である羽生《はぶ》善治もまだ現役だ。好きな棋士はたくさんいるが、羽生は別格だ。歴史的に、大山康晴、升田幸三、中原誠、谷川浩司のような傑出した棋士がいて、とくに谷川の「寄せ」は誰にも真似ができない独創的なものだった。だが、羽生はそういった名人たちとも別格で、彼のような棋士は、この先100年は現れないだろう。だからわたしとしては、羽生は、好きという範疇《はんちゅう》を超えた存在で、ただ彼のような棋士がいることを素直に喜ぶだけだ。

将棋も、サッカーに似ていて、攻守のバランスが巧みな棋士が上位に並ぶ。戸辺誠、小林裕士《ひろし》、畠山鎮《まもる》、野月浩貴《ひろたか》、少し前までの北浜健介などの攻撃型棋士は、リスクを負って攻めるので見ていて面白いが、順位戦などで勝ち続けるのがむずかしい。でも魅力がある。個人的にとくに好きなのは、羽生世代で遅咲きの、丸山忠久と藤井猛で、個性的な棋士が多い中でも、独自のムードがある。丸山は、「角換わり」を得意戦法として、ほとんどすべての対局でそれを貫く。あるとき解説をしていた渡辺明が「小学生のころ、飛車落ちで対戦したときも、丸山さんは角交換をした」と言っていた。

藤井猛は「藤井システム」という、おもに「居飛車穴熊《いびしゃあなぐま》」を攻略する革新的な四間《しけん》飛車を確立した。わたしは、将棋は好きだが勉強家ではないので、「藤井システム」について1%くらいしか理解していないと思うが、その非凡な序盤はとても興味深い。相手が穴熊に囲う直前に攻撃を仕掛けるのだが、そのための序盤の駒組みが繊細で、藤井猛の将棋は、初手から巻き戻して見ることも多い。

Ａ Ｉ・コンピュータが棋士を負かすようになったが、それはディープラーニングという方法で、膨大な量の画像認識を行い、「勝て」というシンプルなコマンド入力によるものだ。だからコンピュータが棋風を持つことができるかどうか、わからない。棋士の棋風は、極端なことをいうと「非合理的かもしれないがこの手を指したい」という思いも含まれているような気がするからだ。

近年の将棋界には、頭脳明晰な若者が多数集まってきている。「上の兄二人は頭が悪かったから東大に行ったが、わたしは頭がよかったので棋士になった」というのは故・米長邦雄の名言らしいが、大企業に就職するより棋士になったほうが人生が面白いという頭のいい若者が増えているのだと思う。同じように古い歴史を持つ相撲と違って、まわしを締めてお尻を出す必要もないし、懲罰として竹刀で打たれる心配もない。お金のかからない遊びとして、将棋は、爆発的にファンが増えることもないだろうが、絶対消滅しない。女流棋士についても書きたかったが、枚数が尽きた。

ワインに詳しくなるより セックスを

Sent: Monday, March 13, 2017 6:40 PM

以前、酒について書いたが、最近、ワインについて、おもに年下の知人、友人から質問を受けることが増えた。「どんなワインを飲めばいいんでしょうか」「何かお勧めのワインがありますか」

わたしは、大してワインに詳しくないし、詳しくなりたいとも思わない。だから、店のソムリエに聞けばいいよ、と答えるのだが、「だってソムリエがいるようなレストランにはなかなか行けないので、聞いているんです」みたいな追加質問が出たりする。確かに、ソムリエがいるようなレストランは高価で、若い人には敷居が高いかもしれない。

「フレンチだったらグラスワインを飲めばいいし、イタリアンやスペイン料理でも、グラスワインで充分で、和食だったら日本酒を飲めばいいし、中華だったら紹興酒を飲めばいいと思うよ」

というようなアドバイスをするしかないのだが、納得してもらえないことも多い。確かに、いろいろな国のワインがあり、非常に種類が多いので、「何を飲めばいいのかわからない」という年下の友人の気持ちもわかる。

自分が若いときはどうだっただろうと思い返してみると、いい加減だった。ボジョレーヌーボーが流行りだした80年代初めには、ボジョレーの赤ワインを冷やして飲んだりしていた。当時は、まったくワインの味などわかっていなかった。味がわからないというより、体験が少なかった。30代前半くらいから、ひんぱんにヨーロッパに行くようになって、現地でワインを飲むようになり、少しずつ知識もついてきた。

ただ、現地で飲むワインと、日本に輸入されたワインは、かなり違う。ワインは移動を嫌うから、相当安いワインでも、現地で飲むと違った味わいがある。

わたしのフランス語版の出版社は、ゴッホが晩年を過ごしたことで有名なアルルにある。出版社の社長とアルルの街をブラブラ歩きながら、適当に店に入り、樽出しの、非常に安いワインを飲んだことがある。ウエイターが、樽から、日本酒だと2合徳利ほどの陶器の器にドボドボと注いで持ってくるのだが、何というか、田舎ですくすく育った少女がぴょんぴょん跳びはねているかのような、ぴちぴちして生命感あふれるワインだと思った。もちろん、シャトー・マルゴーとかムートンとか、そんな深く重厚な味わいはなく、軽いのだが、強く印象に残った。

＊

80年代の後半、どうしてそんなものを作ることになったのか忘れたが「ビデオ文庫」という企画があって、面白そうだからと乗ることにした。まだDVDもない時代で、ハイビジョンのビデオカメラも一般には市販されていなかった。

普通のハイエイトの家庭用ビデオカメラを抱えて、アメリカやフランスに行き、わたしの短編集『ニューヨーク・シティ・マラソン』を、自らビデオ化した。ただ、企画した会社が倒産して、発売はされていない。

南仏が舞台の『コート・ダ・ジュールの雨』という短編があり、ロケ地は、ニースとモナコの間にあるエズという岬に建つリゾートホテルにした。経営者の奥さんが日本人だったが、どうしてそのホテルを選んだのかもよく覚えていない。

ハイエイトのビデオカメラ2台と、ごくごく簡単なライティング器材を抱え、パリで、友人の友人のフランス女性に助手をお願いして、撮影した。経営者の奥さんは、最初、わたしのことをあまりよく思っていなかったようで、非協力的で、他のお客様の迷惑になるようだったら止めてもらいますから、と言われたりしたが、当然だ。撮影協力費も払わず、いきなり日本から来て、宿泊するだけで、ビデオ作品を撮るなど非常識極まる。だが、わたしが、一人で汗だくでライティングをしたり、カメラをセットしているのを見て、「若い芥川賞作家だし、きっと生意気なんだろう」と思っていたらしい日本人のマダムの印象が変わり、しだいに協力してくれるようになった。

　主役は、13、14歳の少年だったが、モンテカルロ・バレエ団にコネを持つマダムは、オーディションを組んでくれたりした。そのマダムとは、そのあと親友になったが、テーマはそういったことではなく、ワインだった。助手となったフランス女性には、経費削減として、なんと同じ部屋に泊まることを了承してもらったが、ものすごく広いスイートルームだったこともあり、何事も起きなかった。それで、その女性が、ワインの里であるボルドーの出身だったのだ。わたしは、ホテルのレストランで、ソムリエが勧める現地南仏のプロヴァンスワインを飲んでいた。プロヴァンスワインについて、女性はわたしより知識がなかった。ボルドー出身なのにワインには無知なのかな、と思ったりした。

　ある夜、ワインの話になり、ボルドー以外のワインは知らない、と女性は言った。小さいころからワインを飲んでいたけど、他の地方のワインを飲んだことは一度もなかったらしい。新潟の人が「八海山」や「越乃寒梅」だけを飲むような感じなのだろうなと思った。だが、次のような話を聞いて、わたしは襟を正した。

「祖父母の金婚式で、ワイン蔵から、1870年代のワインを数本取り出して、家族と友人で飲んだ。わたしはまだ10代だったけど、よく覚えている」

それを聞いて、「ああ、ワインというのは、こういう人たちのものなんだな」と痛感した。そして、ワインに詳しくなりたいなどと、決して思わないようにしようと決めた。

＊

わたしはある程度の経済力があるので、それなりに高価なワインを飲む機会も少なくない。だが、当然と言えば当然だが、フランスのワインを飲むのはフレンチを食べるときだけだ。和食のときは日本酒を飲むし、中華を食べる際には紹興酒を飲む。だから、たとえば日本酒を世界に広めようというような企画には若干の違和感がある。日本酒の消費量は減り続けているらしいが、確かに世界に冠たる味わいを持つ日本酒はたくさんある。でも、日本酒は世界に広がるだろうか。また広げる必要があるのだろうか。

話題をワインに戻そう。ワインを味わう際に気をつけたほうがいいのは、生産地での消費を目的としたカーブドッチなど例外を除いて、それがフランスやイタリアやスペイン、それにアメリカ西海岸やチリなど海外で作られる醸造酒で、移動を嫌い、保管もむずかしいということだ。ワインを、あたかも自分たちのものであるかのように話す人も多いが、まあ、それはそれでいいと思う。でも、わたしはそんなことはしない。ワインの銘柄、産地、作り手などを覚えるヒマがあったら、わたしは小説を書くだろう。だから、若い人はとくに、ワインに詳しくなる必要などないと、個人的にはそう思う。基本的に、ワインをたしなむのは老人だ。若い人は、ワインに親しむよりは、セックスしたほうがいい。ワインとセックスがセットになっているような場合はしょうがないが、ワインより、他に知識を得たほうがいいアイテムは無数にある。

ビールに替えて体重が減った

Sent: Tuesday, April 11, 2017 11:47 PM

このシリーズエッセイから、政治や経済の話題が消えてしまった。日本を含め世界中のメディアがアメリカのトランプ新大統領を追いかけているが、わたしは何も書く気になれない。トランプ大統領は興味深いが、よくわからない。ただ、アメリカ政治のパラダイムが変わってしまうような予感がある。アメリカ追従を外交の基本としてきた日本はどうするのだろうか。

先日、あるパーティで与党政治家と会った。パーティにはほとんど出席しないが、大きな義理がある人の主催だったので、挨拶を頼まれて断ることができなかった。自民党の国会議員と同じテーブルで、元閣僚もいて、名刺を交換したのだが、「御著書、読んでますよ」と言われ、びっくりした。『半島を出よ』かもしれないと思った。『半島を出よ』の韓国語版は、韓国陸軍の推薦図書に指定されていると聞いたことがある。「北朝鮮軍のことを知るにはこの本を読むべき」ということらしい。

「自民党の元閣僚が読んでいるのか」と、時代状況の変化を感じた。わたしのおもな読者は、反体制というか、不良だという思い込みがあった。10年ほど前、焼き肉屋で、革ジャンとピアスとタトゥーとモヒカンみたいな若者たちがいて、やばそうな連中だなと思っていると、近づいてきた。この歳でケンカなんかしたくないと、店主に目配せして、何かあったらすぐ警察に電話してくれと、こっそり身振り手振りで伝えた。すると、モヒカンの若者が革ジャンのポケットから手帳を取り出し、「サインお願いできますか」と言って、ほっとした。

ただ、考えてみると、パーティで同席したその代議士はわたしとほぼ同世代だった。今は保守本流だが、若いころはひょっとしたら反体制だったのかもしれない。しかし、反体制という言葉もほとんど死語になってしまった。今の時代状況に、敵対、反抗しようとする若者は、どう生きればいいのだろうか。デモに参加するのだろうか。爆弾はおろか、銃器も手に入らないのでテロは無理だろう。「経済力のある老人がテロに向かい、若者は通り魔になるだけ」という小説を書いたが、今の状況はそんな感じだと思う。

＊

政治について書いていると、暗くなってくる。ワインについて書こうかなと思ったら、前回書いていて、ボケたかな、と反省した。おそらくボケたわけではなく、趣味的なテーマだったので、書いたことを忘れたのかもしれない。

ということで、今回はダイエットについて書こうと思う。ただし、わたしはダイエットというものをしたことがない。今、体重は、もっとも太っていたころから比べると、15キロほど減った。いちばん太っていたのは、20世紀が終わるところで、当時の、たとえばNHKでオンエアされた『村上龍〝失われた10

年〟を問う』という番組を、『カンブリア宮殿』の資料映像として見たりすると、言葉を失う。顔とか、まるであんパンみたいにふくらんで、体がむちゃくちゃ重そうだ。

そのころはまだテニスをしていたのだが、わたしの経験では、運動では絶対に体重は落ちない。病気を除くと、摂取したカロリーより、消費したカロリーが多い場合に体重が減る。体重を落とすくらい激しい運動は、幼稚園のころからしたことがない。中高のロードレースなどでは、息が切れそうになると必ず歩いた。テニスでも、おばさんたちとのダブルスがおもで、トレーニングでも、苦しいことはいっさいしなかった。あんパンのころから、15キロ体重が減ったのは、食べる量が減ったからだ。じゃあ意識して減食したのかというと、それも違う。

＊

１９８０年代、おもにサイパンなどマリアナ諸島に遊びに行っていたころ、相撲取りと同じような毎日を送っていた。つまり、朝ご飯を食べずにダイビングに行き、タンク2本分潜って、倒れそうになるほど空腹で街に戻り、和食屋に入って、カツカレーとすき焼き定食と月見うどんを食べたりしていた。東京では、夕方から酒を飲みはじめ、食事して、明け方まで飲み、朝日が昇るころにお好み焼きを食べたりしていた。そういった食生活は間違いなく太る。

15キロ体重が落ちた原因の一つは、そういった食生活を止めたからだ。「こんな食生活を続けてはいけない、病気になる」と反省し、健康を意識して、バカ食いを止めたわけではない。自然と、食べなくなった。２００２年のサッカー日韓W杯のあと、椎間板ヘルニアになり、手術が必要な病状ではなかったが、ものすごく痛かったので、本能的に食べる量を減らし、テニスも中断し、プールに行くようになった。バカ食いを止めただけで、まず5キロ減った。

そのあと、50代半ばに、非常に疲れるようになり、執筆や『カンブリア宮殿』など仕事は変わらずやっていたが、「歳取ったな」と感じて、自然に食事の量が減り、気がつくとさらに5キロ減っていた。そしてそのあとさらに5キロ減ったのは、ウイスキーをあまり飲まなくなり、寝酒をビールにしてからだ。ウイスキーよりビールのほうが太りそうなのに、とよく言われるし、自分でもそれは原則的には間違っていないと思う。ただ、ウイスキーだと酔ってしまう。酔うと、歯止めが利かなくなり、ピーナツやサラミでは足りなくなって、ついカレーの残りとかを食べてしまう。

ビールは腹が膨れるので、つまみの量も限られる。ウイスキーをビールに替えてから、しだいに痩せていったので「病気かも」と心配になったりしたが、人間ドックでも、血液検査でも、病気は見つからなかったし、今も見つかっていない。ビールで痩せたというと驚かれ、嘘でしょうと言われたりするが、わたしの場合は事実だ。ただ、ビールだけ飲んでいるわけではない。フレンチやイタリアンではワインを飲むし、中華のときは紹興酒を飲み、寿司屋では日本酒を飲む。それらの店では他の一般的な人より多く食べているはずだが、わたしを昔から知る友人たちからは「食べる量が減りましたね」と言われる。

昔はいったいどれほど食べていたのだろうと唖然となる。だが、そもそもわたしは俗に言うグルメなどではない。食べ歩きなど絶対にしないし、いろいろな店に行きたいとも思わない。ずっと同じ料理でも平気だ。数年前に定宿の近くに本格的な台湾料理屋が開店し、そこに数日間通い続けたりする。本格的といっても、料理人が全員中国人なので日本風にアレンジできていないだけだ。おいしいものを食べたいとはあまり思わない。好きなものを食べるだけだ。ダイエットのことを書くつもりだったが、違う論点になってしまった。

たまにはサッカーの話を

Sent: Monday, May 8, 2017 11:50 PM

今シーズンの欧州チャンピオンズリーグが終わろうとしている。準決勝のファーストレグが終わった時点でこの原稿を書いているが、すでにわたしが好きなチームは全部負けてしまった。決勝は、レアル・マドリッド対ユベントスになるはずだが、どうもユベントスが勝ちそうな気がする。ユベントスは、欧州サッカーを代表するクラブチームだが、守備がすばらしいという長所を除けば、すっかり様変わりした気がする。しかし、こういう見方はきっと過日を思い出してしまう古いサッカーファンのものなのだろう。日本代表がはじめてW杯に出場し、中田英寿がイタリア・ペルージャに渡ったころに比べると、現代サッカーは隔世の感がある。

古いファンは、たいてい昔を懐かしがる。わたしも、コロンビアのバルデラマや、ポルトガルのマヌエル・ルイ・コスタ、パウロ・ソウザなどが活躍していたころが懐かしいが、今のサッカーがつまらないというわけではない。スピードも運動量も、ボールを扱う技術も戦術も今のほうが進化しているし、高度化している。

とくに、選手の運動量は格段に増えた気がする。昔は、各選手、チーム全体の運動量を示すコンピュータ画像分析の数値がなかったので正確なところは不明だが、守備をしないフォワードは使ってもらえなくなった。メッシとかC・ロナウドとか、バロンドールを何度も取るような選手は例外だが、たとえばわたしが好きなコロンビアのハメス・ロドリゲスはレアル・マドリッドでは出場の機会がほとんどなくなってしまった。ハメスは守備を怠るわけではないが、自陣ゴール前と、敵のペナルティエリア付近を常時往復するようなことはできない。そういった選手は、少なくともレアルでは使ってもらえない。

ハメスは、センタリングを含めラストパスの名手だが、そもそも従来のラストパス、つまりスルーパスが、速攻を除いてほとんどなくなった。ラインを整えた相手に対し、ボールを回しながら、突然スルーパスが決まるというシーンは見なくなった。自陣に引いた相手に、縦パスを出すことはあるが、ディフェンダーを置き去りにしてシュートを打つというような昔ながらのプレーは、もう見られない。だから、コロンビアの英雄バルデラマが今現役だったら、レギュラーを取れないかもしれない。ルイ・コスタも、フィレンツェからミラノに移ってからは、控えだった。

＊

現代サッカーの攻撃の主流は、サイドが起点となることが多い。昔ながらの用語で言えばセンタリングだが、今は単にクロスと呼ばれるようになった。センタリングというと、ポーンと、ゴール前に放り込むというイメージだが、今のクロスは違う。まず、恐ろしく速い。グラウンダーのものを含め、ひょっとしたらシュートだったのかというようなスピードがないと敵を揺さぶることができない。昔は、そんなクロスを打てるのは、ブラジル人で左サイドの名手だったロベルト・カルロスとか、それほど多くなかった。今は、チャンピオンズリーグの決勝トーナメントに出てくるようなサイドバック、ウイングの選手たちは、ほとんど全員がものすごく速いクロスを入れる。

わたしは、モナコの、左サイドバックのメンディという選手に注目し、チームとしても好きになったのだが、どうやら準決勝で、ディフェンスではおそらく世界一であるユベントスに敗退しそうだ。メンディは足も速いが、その左足のクロスは、ディフェンスラインが一歩も動けないほど速くて強い。モナコには他にも非常に若くてセンスのいい選手が何人かいて、魅力的なチームだったが、老獪《ろうかい》なユベントスには歯が立たなかった。ユベントスに先制を許して勝てるチームは、たぶんレアルくらいしかないだろう。

バルセロナは、ベスト16でパリ・サンジェルマンを相手に、信じられない逆転を演じたが、すでに全盛期を過ぎていることがはっきりしていた。メッシが あごひげを生やしたころから、衰えが見えていたし、往年のバルセロナの魅力が失われていた。メッシ、ネイマール、それにスアレスという非凡な3人のフォワードで得点を重ねていたので、バルセロナの最大の魅力というか、世界中のファンを魅了していたパスワークが影を潜めてしまった。その面影は、すでに大ベテランになってしまったイニエスタに見られるだけだ。ひょっとしたら、あのボールコントロールの名手シャビが今チームにいてもレギュラーを取れないかもしれない。

＊

わたしは、ポルトガルのサッカーが好きだったので、去年ユーロで初優勝したときは、やはりうれしかった。もう試合に出ることはなかったが、大好きだったリカルド・カルバーリョが優勝カップを手にしているシーンを見て、感慨深かった。C・ロナウドがすごい選手だということはもちろん認めるが、ユーロの決勝で、彼が途中交代したのはポルトガルにとって幸運だったと思う。傑出したゴールゲッターは、チームにとって何者にも代えがたい。サッカーは極端なロースコアのゲームなので、90分間ほとんど動かなくても、1試合で必ず1点取るような選手は非常に大事だ。だが、サッカーというのは複雑に要素が絡み合っていて、そこが面白いところなのだが、そのゴールゲッターがすごければすごいほど、全体の攻撃は単調になる。

メッシ、ネイマール、スアレスという中南米を代表するアタッカーが3枚そろったバルセロナは一時代を築いたが、中盤が以前のように機能しなくなり、メッシのドリブルの切れ味がわずかに落ちただけで、圧倒的だった優位が瓦解した。準々決勝でユベントスのディフェンスラインにドリブルで仕掛け続けたネイマールは感動的だったが、メッシとスアレスはほとんど何もできなかった。イニエスタだけが過日のバルセロナをイメージさせるパスを出すが、彼ももう歳だ。チームとして下部組織が充実しているので、またいつの日かバルセロナの中盤を支える若き天才が現れるのだろうが、それはきっとメッシがチームを去ってからになるのかもしれない。

好きなチームは負けるし、好きな選手はゲームに出ない。ハメスもそうだし、若い選手だと、バイエルンに引き抜かれたポルトガル人のレナト・サンチェスもゲームに出ない。バルデラマやルイ・コスタのプレーは、見ていて楽しかったが、もうあんな選手が新しく登場することはないだろう。90年のイタリアW杯で、バルデラマのゲームは全試合観戦したし、中田英寿がペルージャにいたころ、全盛期だったルイ・コスタがいたフィオレンティーナ戦は必ず観に行った。歳のせいもあり、わざわざ欧州までサッカー観戦に行くモチベーションは失われているが、好きだった選手のプレーは、鮮明に記憶に刻まれている。

政治とチーズについて

Sent: Sunday, June 11, 2017 7:01 PM

何度も書いているが、このエッセイで政治に言及することがなくなった。書かなくなったのは、内外の政治がねじれにねじれて、どこに注目すればいいのか、何をテーマにすればいいのか、非常に面倒になったからだ。たとえばトランプ大統領だが、率直に言ってよくわからない。東海岸のリベラル系のメディアは連日批判記事を載せている。なんかめちゃくちゃな人物のようにも見えるし、実務家上がりで案外合理的な政策を採るつもりかもしれないと思うときもある。とにかくトランプが登場してから、アメリカの政治は理解不能になった。

わたしの若い友人たちは、北朝鮮の核攻撃をまじめに心配している。北朝鮮だからといって、リーダーがそれほどバカだとは限らない。核は、使ってしまったらもう終わりだ。国際社会から締め出されるどころか、アメリカに報復されて、北朝鮮という国は消滅してしまう。小さい国なので、核ミサイル1発でおそらく全土が焦土と化す。

冷戦時代、旧ソ連はとんでもない数の核兵器を持っていた。だが不思議なことに、「ソ連が核を打ち込んできたらどうしよう」と不安がる人はあまりいなかったように思う。おそらく不安だったのだろうが、日本全土を何十回と破壊できるほどの核があったわけで、あえて不安に鈍感になっていたのだろう。見て見ぬふりとか、思考停止とか、そんな感じだ。

北朝鮮の核爆弾がどれほどの精度を持っているのかもよくわからない。ただ北朝鮮は核開発を続けるだろう。止めさせることができるのは、北朝鮮に食糧や燃料などの支援をしている中国だけだ。北朝鮮は、中国の指示を完全に無視すると国が機能しなくなり、内部から崩壊する。北朝鮮の核開発を本気で止めさせようと思ったら、中国と交渉するしかないのだが、簡単ではない。中国は、いい意味でも、悪い意味でも外交に長けている。北朝鮮の核開発は、中国の外交カードの一つになっている。

「北朝鮮に核開発を止めさせようと思ったら、わたしたち中国の力を使うしかないですよ。そのためにあなた方はわたしたちに何をしてくれますか」ということだ。

＊

政治の話は止める。レストランの話にしよう。ある著名なフレンチのシェフから聞いたのだが、メニューの品名に対し、辛辣な意見を言った客がいたらしい。メニューには「＊＊山麓の朝獲れのトマト」と書かれていて、その客は「これは何だ、どういう意味なんだ」と聞いてきたそうだ。

「＊＊山麓って何だ、朝獲れだからどうだと言うんだ。だからおいしいはずだと言いたいのか。おいしいか、おいしくないかは、金を払って食べる客であるこのおれが決める。だから余計なことを書くな」

嫌味な客かもしれないが、似たようなことを言う人がいるんだなと思った。似ているのは、このわたしである。わたしの定宿にそれなりに有名なフレンチレストランが入っていて、かなりの頻度で食べに行く。新スタイルのフレンチで、アミューズからメインまで、ソースなど、非常に凝っている。そして料理がテーブルに置かれるたびに、ウエイターが素材や味付けについて詳細な説明をする。しばらくは我慢していたが、あるときわたしは「説明しないで欲しい」と言った。

「この一品は、＊＊産のホタテを軽くスモークして、サンドイッチのように、間に＊＊産の新鮮なキュウリをはさみ、隠し味として＊＊産の山椒をペースト状にして少々垂らし……」みたいな感じでえんえんと続く。

そういった説明は止めてもらえないかな、とわたしは言った。

「素材とか調理法とか知りたくなったら聞くから、説明はそういったときだけにして欲しい。だいたい、素材や調理法なんか聞いたってしょうがない。問題はおいしいか、おいしくないかで、それは客が決める。和食ではそんな説明はしない。懐石とか、すごく凝った吸い物が出るけど、仲居が素材や調理法を説明することはない。寿司屋でも『大間のマグロの大トロをほんの少し炙って……』とか言わない。なぜフレンチには説明が必要なのか。ものすごく凝った料理なんですよ、あなたがいつも食べている料理とはレベルが違うんですよって、上から目線じゃないのか」

わたしは、レストランでクレームをつけるのは好きじゃないが、そのときははっきりと言った。以来、そのレストランでは、わたしには料理の説明がなくなった。

＊

ただ、ウエイターは、わたし以外の客には説明を続けている。だから隣のテーブルとか、その説明が聞こえてくる。「そこで説明すると、おれにも聞こえるから止めてくれ」とはさすがに言えない。

フレンチでは、メインディッシュのあと、ワゴンに載ったさまざまな種類のチーズが出る。フランスやイタリア育ちの人を別にすると、チーズに詳しい日本人は非常に少ないのではないだろうか。フレンチではメインのあとのチーズが楽しみ、という日本人も少ないと思う。ウエイターの説明で、チーズは、もっともわかりにくい。ノルマンディ地方の山羊のチーズですと言われて、匂いや味がわかる日本人がどれだけいるだろうか。

だが、実は、わたしは去年の秋に、チーズに目覚めた。かなりひんぱんに通って、季節の同じメニューを何度も食べているせいもあるが、前菜やメインを少なめにして、チーズを選ぶのが楽しみになった。そのレストランには、フランス人のウエイターがいて、彼はサッカーにも詳しく、今季チャンピオンズリーグにおけるサンジェルマンやモナコの活躍についてよく語り合った。日本語がそれほど達者ではないので、彼は、他のウエイターと違って、料理の説明はしない。

去年の秋、彼はあるチーズを勧めてくれた。村上さんは、最近ブルゴーニュのワインばかり飲んでますね、そう前置きして、ブルゴーニュ地方の有名なウォッシュタイプのチーズを試すのはどうでしょうか、と言ったのだった。そのとき、わたしは生まれてはじめてチーズに感動した。以来、おもにウォッシュタイプのチーズを選ぶのが楽しみになった。

いずれにしろ、説明は不要なのだと思う。ただし、相手の好みをイメージした上で、「勧める」ことはできる。たぶん小説も同じなのだと思うことがある。

藤井聡太への期待

Sent: Monday, July 10, 2017 10:27 PM

大きな話題となった中学生棋士・藤井聡太だが、連勝は止まった。29連勝という新記録を達成したときは、朝日新聞が号外を出し、翌日の朝刊、一面トップで扱い、驚いた。確かに、14歳（当時）の棋士デビュー後29連勝は偉業だが、他に明るいニュースが少ないんだなと思った。そして、もっとそっとしておくというか、メディアが群がって追いかけるとろくなことがないのにと思ったが、それは日本の今のメディアの特質なので、批判してもしょうがない。

藤井聡太の才能、実力は疑いようがない。わたしはＮＨＫ杯の本戦トーナメント一回戦、千田《ちだ》翔太六段との対局しか見ていない。千田翔太は、2015年度のNHK杯準優勝者で、将棋のコンピュータソフトの研究者としても有名な強豪だが、藤井聡太は、あっさりと勝利した。わたしには藤井聡太の棋風や戦略を分析できるような知識はないが、千田翔太戦を見て、これはただ者ではないということはわかった。

奨励会に入ったころから、詰め将棋に抜群の力を示し、「これはかなりむずかしいから、解くまでの時間を計ってみようかな」と師匠がストップウォッチを取りに行って、戻ってきたら、すでに解いたあとだったという逸話がある。詰め将棋に力を発揮するというのは、終盤に強いということだが、わたしは「懐が深い」というか、ミスをしない将棋だなと感じた。一局しか見ていないので、分析などではなく、単なる印象にすぎないのだが「閃《ひらめ》きに充ちた鋭い手を指す」というより、「負けない将棋を指す」棋士ではないかと思った。ミスをせず、相手につけいる隙を与えないという感じだ。

＊

今はＴＶでもほとんど観なくなったが、昔、大相撲が好きだった時期がある。もっとも熱心に見たのは、故・北の湖が横綱まで上がっていくころだった。相撲と将棋を単純に比較するのは無理があるかもしれないが、北の湖は「勝つ相撲」だった。歴史に名を刻む大横綱になったわけだが、個人的には、関脇、大関のころがもっとも強かったのではないかと思う。身体を半身にして肩から相手を跳ね上げるような「かち上げ」が強烈で、左四つに組む間もなく相手を粉砕するような、超攻撃的な相撲だった。後に、本人も、幕の内上位から三役に上がる時代がもっとも楽しく相撲を取れたと思う、そう語っているらしい。

横綱になってからは輪島との数々の名勝負があったが、「かち上げ」は少なくなった。「超攻撃的な横綱」というのはほとんどいない。わたしが知る限り、例外は朝青龍だけだ。横綱というのは、格下の相手の攻撃を受け止め、そのあとでねじ伏せるというのが理想で、その典型は、偉大なる大鵬だった。大鵬は、攻撃で相手を粉砕するというより、「絶対に負けない」という印象を与える、横綱の中の横綱だった。

北の湖には年間82勝という大記録があり、大鵬には優勝32回という奇跡のような記録があったが、それらはいずれも、朝青龍、そして白鵬というモンゴル人横綱に破られた。記録はいずれ破られるものだが、白鵬の年間86勝という記録はおそらく今後何十年破られることがないだろう。何しろ、年六場所、90番勝負して、4回しか負けられないという常識を越えた記録だ。白鵬も、「負けない横綱」だ。

「負けない」というのは、当然のことながら、相撲でも将棋でも、結局は「勝つ」ということだ。だが、「負けない」と「勝つ」は、ファンにとっては微妙な違いがある。サッカーを例にとるとわかりやすいかもしれない。ユベントス、そしてイタリア代表は、「負けないサッカー」を象徴していた。要するに、ディフェンスがすばらしいわけだが、全員で引いて守るというような幼稚なものではない。かつてユベントスには、カンナバーロという最高のセンターバックがいた。

　まるでどう猛な肉食獣のように、攻撃してくる相手FWを追い詰める。ディフェンダーなのだが、守るだけではなく、攻撃してくる敵を打ち負かすのが何よりも快楽だという意欲が伝わってきた。こんなプレーを見たら、サッカーが得意な子どもはディフェンダーを目指すだろうと思わせるような選手だった。

他方ミランには、その昔はバレージ、近年ではネスタというセンターバックがいて、彼らは、敵のパスコースを読み、華麗にボールを奪った。

　だめだ、サッカーの話題になるとどんどん話が逸れていく。わたしがもっとも好きなセンターバックは、ポルトガルのリカルド・カルバーリョだ。もともとポルトという、欧州全体では決してビッグとは言えないチームにいて、当時率いていたモウリーニョによって、チャンピオンズリーグで優勝を果たした。モウリーニョは、その後、もっとも年俸が高い監督として、チェルシーやレアル・マドリッドというビッグチームに引き抜かれるのだが、移籍するとき、必ずリカルド・カルバーリョを同行させた。チームの核として誰よりも信頼していたのだ。

リカルド・カルバーリョは、格別にタフでもなく、抜群のスピードがあるわけでもなかったが、相手のパスコースを読み、ポジション取りがすばらしかった。まるで敵の攻撃陣は、リカルド・カルバーリョにパスを出すような感じで、ボールを奪われた。２０１６年のユーロで、ポルトガルが初優勝したとき、リカルド・カルバーリョはすでにレギュラーではなかったが、控え選手としてうれしそうに優勝カップを抱いていて、わたしはファンとして本当にうれしかった。

＊

藤井聡太に直接関係ないことを書いてきたが、「負けない将棋」というのは、大鵬や白鵬、そしてカンナバーロやリカルド・カルバーリョが持っていた重要な要素をすべて備えているということだ。単なる「受け将棋」ではない。相手の攻撃を見きわめ、あるときはどう猛にそのミスを突き、そしてリカルド・カルバーリョのように、勝負の流れ、敵の攻撃を読んで正確に対応する。ものすごくむずかしい。

藤井聡太が、この先、順位戦で勝ち抜いていくのは簡単ではない。連勝を止めた佐々木勇気ら20代前半の世代には、他にもたとえば青嶋未来《みらい》、高見泰地《たいち》、三枚堂達也など、非凡な棋士がいる。20代半ば、20代後半にも、強い棋士がそろっている。そして、わたしがもっとも楽しみにしているのは、戸辺誠など、攻撃型の棋士との対局である。

久しぶりにキューバ音楽を聞いた夜

Sent: Thursday, August 3, 2017 11:03 PM

東京で仕事をするときの定宿は、かなり大きな公園に隣接している。公園ではさまざまな催しが行われる。先日、屋台が出て、夏祭りのようなものが開催されていた。その日、わたしは「芥川賞」の候補作を読む予定だった。ちょうど正午ごろ、公園のほうからコンガが聞こえてきた。わたしの部屋は低層階で、公園はあまりに近い。音は届く。窓から眼下を見ると、屋台が並んでいて、ステージが造られていて、楽器が並んでいた。ドラムスや電子ピアノなど、かなり大きな編成のバンドで、コンガだけが聞こえてくるということは、サウンドチェックで各楽器の音のバランスを決めているのだろうと思った。

コンガ奏者は、素人ではなく、それなりに演奏能力があったが、わたしは自分でも驚くほど苛立ってしまい、候補作を読むことに集中できなくなった。そのうちドラムス、ピアノなどの音が聞こえてきて、やがて、バンドの演奏がはじまった。ジャズだった。

芥川賞の候補作を読むこと自体、苦行に近い。候補作だけではなく、小説をほとんど読まなくなって久しい。読書は、『カンブリア宮殿』のゲストの著書か、今興味を持っている分野の本、それに自分の小説に必要な資料に限られている。だから候補作を読むには多大な労力を必要とする。加えて、公園から聞こえてくるジャズの演奏で、神経が切れそうになった。

繰り返すが、バンドは素人ではなく、非常に高度というわけでもなかったが、聞くに耐えない下手くそでもなかった。演奏されているのはジャズのスタンダードで、よく知っている曲ばかりだった。どうしてこんなに苛立つのだろうと不思議だった。非常に暑い日だったし、バンドも休憩が必要だから、ずっと続くわけではないだろうと自らを慰め、候補作を読むのを中断して、ホテル内のプールに行った。だがプールから戻ると、恐ろしいことに演奏はまだ続いていた。結局、その日、わたしは候補作を読むのをあきらめた。

＊

あのジャズの演奏に、どうしてあれほど苛立ってしまったのだろう、そのことがずっと気になっていた。公園のジャズ演奏から数日後、そう言えば、キューバのバンドの日本公演プロデュースを止めてからしばらく経つんだなと、ふとそう思った。思い立って、久しぶりにキューバ音楽を聞くことにした。わたしのiTunesの「Ｃｕｂａ」というカテゴリーには１０００曲以上が収まっている。その中で、とくに印象深いものをいくつかのプレイリストに編集している。それまでかなり長い間、キューバ音楽を聞かなかったのは、過去を懐かしむような感じがいやだったからだ。

ビールを飲みながら、懐かしい曲を聞いた。どの曲にも強烈な思い出があった。「エスペランサ」という曲は、もう20年以上前、わたし自身が制作・監督した『ＫＹＯＫＯ』という映画のテーマソングだ。かなり古い曲で、オルケスタ・アラゴンというバンドのレパートリーだった。オルケスタ・アラゴンは、１９３９年創設という伝統あるバンドで、チャチャチャというリズムを広め、一世を風靡した。「エスペランサ」はスペイン語で「希望」という意味だが、その曲では、チャチャチャに夢中なカフェウエイトレスの名前になっている。『ＫＹＯＫＯ』という映画を撮る前、１９９０年代初頭、わたしは、数年間、何度もキューバに足を運び、何百曲というキューバ音楽を聞き、ダンスを知ろうとした。ルンバやチャチャチャ、サルサなどはもちろん、ヨルバというアフリカ民族の伝統音楽を再現したものまで、ありとあらゆるカテゴリーの音楽を聞き、現地で、その音楽で踊られるダンスを見た。

＊

2020.4
幻冬舎文庫の春まつり
©マルコ&マルコ
これから始まる、僕と君の物語。
最新刊
EXILE/FANTASTICS from EXILE TRIBE
佐藤大樹
GENTOSHA
幻冬舎

ご用命とあらば、ゆりかごからお墓まで

万両百貨店外商部奇譚

真梨幸子

ここは万両百貨店外商部。お客様のご用命とあらば何でもします……たとえそれが殺人でも？　地下食料品売り場から屋上ペット売り場まで。欲あるところにイヤミスあり。

670円

ぼくときみの半径にだけ届く魔法

七月隆文

若手カメラマンの仁は難病の少女・陽を偶然撮影する。「外の写真を撮ってきて頂けませんか？」という陽の依頼を受けた仁。運命の出会いが、ふたりの人生を変えてゆく。

710円

泣くな研修医

同時発売！

逃げるな新人外科医

泣くな研修医2

書き下ろし

中山祐次郎

新人医師の葛藤と成長を現役外科医がリアルに描く感動の医療小説。

710円・630円

すべての始まり

どくだみちゃんとふしばな1

吉本ばなな

思い切り自分を生き抜いていたら、まわりの人も少し

同時発売！

忘れたふり

各630円

読書という荒野

見城 徹

正確な言葉がなければ、深い思考はできない。深い思考がなければ、人生は動かない。人は、自分の言葉を獲得することで、初めて自分の人生を生きられる。出版界の革命児が放つ、究極の読書論。

630円

緋色のメス 完結篇

大鐘稔彦

外科医の佐倉が見初めたのは看護師の朝子だった。患者に向き合いながら、彼女への思いを募らせるが、自身の身体も病に蝕まれてしまう。ミリオンセラー「孤高のメス」の著者が描く永遠の愛。

書き下ろし

830円

虹色のチョーク

働く幸せを実現した町工場の奇跡

小松成美

社員の7割が知的障がい者のチョーク工場は業界No.1を誇る一方で、人知れぬ苦悩と葛藤があった。〝日本でいちばん大切にしたい会社〟を描く感動ノンフィクション。

590円

酒の渚

さだまさし

震災から再興したばかりの蔵から届いた〈灘一〉。山本直純さんが豪快にふるまった〈マグナム・レミー〉。永六輔さんの忘れられない誕生会。

550円

すべての男は消耗品である。最終巻
村上 龍
すべての男は消耗品、だから、「自由」だ。
590円

種のキモチ
山田悠介
暗闇で20年間監禁された少女は何になったか!?
550円

紅い砂
高嶋哲夫 書き下ろし
国と自身の再生を懸けた、男の極限の戦い——。
790円

捌き屋 伸るか反るか
浜田文人 書き下ろし
舞台は大阪、万博会場の夢洲《ゆめしま》——。巨大利権を巡る暗闘、勃発!!
710円

生きていくあなたへ 105歳 どうしても遺したかった言葉
日野原重明
私たちはどう死を迎えるのか。105歳医師による最後のメッセージ。
630円

遺書 東京五輪への覚悟
森 喜朗
ガン、そして五輪。元総理が初めて語る闘いの真実。
670円

お金の話
村上世彰
一生お金で苦労しなくなるお金の使い方。
500円

プリズン・ドクター
岩井圭也 書き下ろし
刑務所内で起きた受刑者の変死事件に新人ドクターが挑む!
790円

咲ク・ララ・ファミリア
越智月子
家族会議、始めます! 議題は、62歳の父の再婚と四姉妹の秘密。
750円

幸福の一部である不幸を抱いて
小手鞠るい
私の本当の恋を人は不倫という。
830円

連続ドラマ化、決定!

M 愛すべき人がいて 小松成美

歌姫誕生に秘められた、出会いと別れの物語。

博多から上京したあゆを変えたのは、あるプロデューサーとの出会いだった。愛し合う二人は、〝浜崎あゆみ〟を瞬く間にスターダムに伸し上げる。それは別れの始まりでもあった。
(4月15日発売)

「エスペランサ」を新録してもらうために、オルケスタ・アラゴンに会う必要があり、ハバナから車で2時間ほどの街でコンサートをやっていると聞いて、出かけた。街の名は記憶にないが、暗い未舗装の道をえんえんと走ったのはよく覚えている。やがてその街に到着し、コンサート会場に行ってみたが、あたりは真っ暗だった。ステージ付近にたむろしている人に聞くと、停電でコンサートは中止、ということだった。１９９０年代初頭のキューバは、旧ソ連が崩壊し、サトウキビを高値で買ってもらえなくなり、極端な外貨不足に陥り、停電は日常茶飯事だった。

オルケスタ・アラゴンが夕食をとっているらしいという場所を訪ねた。そのレストランも真っ暗で、オルケスタ・アラゴンはろうそくの灯りで、トレイに盛られた粗末な料理を黙々と食べていた。「ムラカミといいます」と名乗ると、「おお、お前がムラカミか。意外に若いんだな」とリーダーのラファエル・レイ2世が言った。わたしは、そのころすでにキューバに20回近く通い、レコーディングをしたりして、ミュージシャンたちの間では、多少名前を知られていたのだ。「エスペランサ」を新しくレコーディングして欲しいと依頼すると、「いいよ」とジュニアは即答した。

その3日後にレコーディングをした。ラファエル・レイ2世は、オルケスタ・アラゴンの事実上の創設者、ラファエル・レイの息子で、バイオリン奏者だった。楽譜が残っていて、レコーディングがはじまったが、わたしが聞いていたオリジナル盤とは、イントロのフルートのメロディが違っていた。指摘すると、フルートソロは即興なんだよとジュニアは困った顔をした。当時のフルート奏者が即興で吹いたので楽譜に残ってないということだった。わたしは、何百回とオリジナル盤を聞いていたので、メロディを覚えていて、ハミングした。スタジオに集まった20人近いアラゴンのメンバー、それにエンジニアなどを含め、そのメロディを覚えている者は、わたし以外、誰もいなかった。

ジュニアは、わたしのハミングを聞いて採譜し、再度レコーディングが開始された。そのあと、「ムラカミという日本人はオリジナル盤の『エスペランサ』のイントロを覚えていて、正確にハミングした」とまた評判になったらしい。

久しぶりにキューバ音楽を聞いた夜、「エスペランサ」はそうやって完成したんだったなと思い出し、公園のジャズに苛立った理由がわかった気がした。わたしにとって、キューバ音楽に限らず、音楽は、自ら選びとり、人生と深く関わっていて、公園から届いてくるようなものではなかった。もちろん、公園で演奏していたジャズバンドが悪いわけではない。わたし自身と音楽の関係性が特別だったのだ。

誰が「軽音楽」という言葉を作ったのか

Sent: Thursday, September 14, 2017 12:21 AM

MacBook Proを最新のモデルに買い換えた。故障したわけではなく、液晶のコーティングが一部剝がれてきて、修理に3日かかると言われ、PCを3日間手放すわけにはいかないので、頃合いかなと、新しくした。購入して、セットしようとしたのだが、端子が違っていて戸惑った。従来のUSB端子差し込み口がない。Ethernet接続端子も差し込み口がない。電源の接続端子も違う。USB Type-Cというタイプで、コネクタがないと従来のUSB接続端子が使えない。これからはEthernetではなくWi-Fiを使えということなのかと、ブツブツ文句を言いながら、USB変換ケーブルを使って、Ethernet

でLANに接続しようとしたが、つながらない。どうやらOSが最新になったので、従来のケーブルが規格外になってしまったらしい。

従来のUSB、それにEthernetのLANケーブルなどを接続する専用ハブがあり、4万円強もしたが、背に腹は代えられず、自宅とホテル用と2台買った。この接続機器のACアダプタが異様に大きい上に3つ穴プラグで、2つ穴コンセントへの変換アダプタが必要だった。

さらに、OSが最新になって、それまで使っていたキヤノンのコンパクトデジカメから写真を取り込めなくなった。ドライバをダウンロードしようとしたが、たかだか4年前に買ったものなのに、キヤノンのHPにはもうすでにその機種のドライバが存在しなかった。

デジカメは必需品なので、しょうがないからキヤノンの最新モデルを買ったが、光学式のファインダーが付いていなかった。液晶モニタを使えということらしい。気に入った機種で、もう10台目くらいになり、他のデジカメにするつもりはないので、仕方がないのだが、光学式ファインダーがないのは違和感がある。フレームを確認するときに、液晶モニタだと、カメラの外側というか、カメラ以外の風景が見えてしまい、わたしの感覚が古いのかもしれないが、集中できない。

＊

新しいＯＳになったせいで、ＰＣが、それまで使っていたＢＯＳＥのBluetoothスピーカーを認識しなくなった。Bluetoothにも世代があるようで、古かったのだ。ＡＵＸ端子につないだらだいじょうぶだったが、何となく頭に来て、新しいスピーカーを買った。ＢＯＳＥの最新型だが、世界中のＦＭ局にＷｉ－Ｆｉでつながるとか、余計な機能が付いていて、しかも音はそれほどでもなく、またぶつぶつ文句を言いながら、ＢＯＳＥの他の機種を買った。バッテリー式で、３６０度に音が回るという謳い文句で、パーティなどでわいわいやるときにとても便利ですという触れ込みだった。

それも、また失敗した。そもそもわたしは、パーティでわいわいやりながら音楽を聞いたりしないのに、つい買ってしまって、後悔したがもちろん遅い。そこで、わたしはふと思った。スピーカーの役割が変わってきているのではないだろうか。そもそも音源そのものが違う。大昔は、ビニール盤のレコードだったが、それがカセットテープやCDになり、やがてMP4などの圧縮データが主流となった。便利なので、ビニール盤のレコードはもちろんのこと、CDで音楽を聞くこともほとんどなくなり、iTunesからダウンロードしてPCで聞く、というのが普通になってしまった。

だが、個人的には、CD、いや本当はアナログの音のほうが優れていると思う。圧縮しているのだから、その分、何かが違ってくるのは当然だ。自宅には、まだビニール盤のレコードプレーヤーも持っているが、面倒で、埃を被ったままになっている。

それでBOSEのBluetooth接続のスピーカーだが、個人的に、低音が響きすぎではないかと、そう思った。BOSEのBluetoothスピーカーをはじめて聞いたときは、こんなに小型なのに、なんていい音が出るんだろうと感動したが、ちょっと違うと思いはじめ、他のスピーカーが欲しくなった。

昔、10年ほど前までは、アナログのアンプとスピーカーをAUXで出力していた。Harman Kardonのスケルトンモデルなどだ。それがいつの間にか、Bluetooth接続に変わった。そういった経過を通して、自分は音に対し鈍感になっているのではないかという危機感が生まれた。

＊

Amazonで、徹底的に探して、KEFのLS50ワイヤレスに決めた。かなり重いし、価格もそれなりに高い。でも、買った。これは、相当優れものだった。PCとUSBでつなぎ、まず弦の音を確かめ、次にピアノ、そしてボーカル、打楽器を聞いていったが、久しぶりに音を楽しむことができた。

それで、聞いているうちに、キューバ音楽がいかに緻密に作られ、演奏されているかを再認識し、びっくりした。音楽を聞くことが久しぶりに楽しくなり、原稿もそっちのけで、いろいろなプレイリストを作った。アメリカンポップスの黄金時代、1950年代のボーカル特集のプレイリストを編集するために、好きだったジャズ、ポップス歌手のアルバムをiTunesで購入したが、若いころを思い出して、切なくなってきた。

わたしは、中学高校時代、どういうわけか女性ボーカルは、アフリカン・アメリカンではなく、白人の歌手が好きだった。代表はヘレン・メリルとクリス・コナーだ。当時のジャズファンに愛されていたのはビリー・ホリデイが典型だが、アフリカン・アメリカンの女性歌手たちだった。ただしビリー・ホリデイはやはり特別で、わたしはほとんどすべてのアルバムを持っていたのだが、苦手だったのが、サラ・ボーンやエラ・フィッツジェラルド、それにカーメン・マクレエなどで、彼女たちがインプロビゼーションをスキャットするのが、好きではなかった。

さらに言えば、ジャズ歌手ではないが、ペギー・リーやジュリー・ロンドン、ペトゥラ・クラークも好きだった。当時、そういった「流行り物」の女性ボーカルを聞くジャズファンは極めて少なく、わたしは「お前の趣味は軟弱だ」とよく批判されたものだ。そういった「軟弱な音楽」は、今考えると非常に奇妙な響きがあるが、何と「軽音楽」と呼ばれていた。ジャズでは、たとえばA・C・ジョビンなどは、今でこそボサノバの巨匠だと評価が定着しているが、軟弱、軽薄のそしりを免れなかった。コルトレーンやマイルス・デイビス、それにエリック・ドルフィやオーネット・コールマンなどが本格派としてもてはやされていた。ジャズは、苦悩に充ちていなければならなかったのだ。

今、KEFで、フランク・シナトラを聞いている。粋で、不良っぽくて、すばらしい歌手だと思う。しかし、いったい誰が「軽音楽」という言葉を作ったのだろうか。

「おいしいものを食べる」以外、他に興味を持てない人々

Sent: Tuesday, October 10, 2017 5:45 PM

わたしがホストを務めるTV番組『カンブリア宮殿』では、冒頭のVTRで、人々が食べるシーンが紹介されることが多い。スタジオ収録の前日、スタッフ打ち合わせをやり、そこで事前に編集済みのVTRを見るのだが、「また食事シーンからはじまるのか」と、既視感にとらわれることもある。食品メーカーや飲食業の経営者がゲストの場合、しょうがないかなと思うが、他のメーカーや小売でも、人々が何か食べているところからはじまることが多い。たとえば今や地方再生のキーとなった感がある「道の駅」などを紹介するときも、冒頭の絵は必ず食事だ。

わたしが信頼をおく、あるディレクターは、「龍さん、もうこうなったら、『カンブリア』では、メシは文化だ、経済の中心だ、と銘打ったほうがいいかもしれないですよ」などと言っていた。さらに、食品メーカーや飲食業の経営者がゲストのとき、たいていスタジオで何らかの食べものが用意されて、小池栄子さんといっしょに食べることになる。「また食うのか」と、わたしは不満を漏らす。本当はTVに出るのも苦手なのに、食べるところを撮られ、それがTVで流れるのは違和感があるからだ。

食べるという行為は、本来プライベートなもので、それをTVなどで公開することは恥ずかしいと思ってきたし、今もその思いは変わらない。ところが、TVでも雑誌でも、楽しそうに、また自慢気に、食事をするシーンを公開するのは日常茶飯事となっている。どこかのチャンネルで、必ず誰かが何かを食べるところが映る。『カンブリア宮殿』はわたしがメインインタビュアーなので、スタジオで何かを食べるのはしょうがない。だが、他の取材などで、わたしは食事するところを公開しない。たとえば「食事しながら打ち合わせしているところを撮らせて欲しい」というリクエストがあっても同意しない。

＊

以前から、グルメ番組、旅番組などで食事をするところを撮影されたあとで「これはまずい」と言ってみたかった。ただ、グルメ番組、旅番組に出演することはまずないし、「これは、おいしくない」と発言したら、おそらくオンエア時にカットされるだろう。グルメ番組、旅番組などでは、全員が「おいしい」と言う。「おいしさ」を上手に表現するのがうまいタレントは、重宝されると聞いたこともある。

ひょっとしたら日本人は何かを食べること以外、興味を失ったのではないかと思うことがある。誤解して欲しくないのだが、おいしいものを食べるのは悪いことでも何でもない。よいことだ。だが、これも当然のことだが、無理して高価なおいしいものを食べる必要はない。おいしいものを食べることが人生の最大の楽しみという人がいるのは理解できるし、間違っているとも思わないが、その価値観に与《くみ》したくない。

食べることとセックスは似ている。公開するものではないという社会的価値観だけではなく、その2つがなくなってしまうと、人類は滅亡する。人工授精の画期的な進歩があり、体外受精が現実化し、クローンが話題になる時代だが、おそらくセックスすることを止めてしまったら、人類は滅亡すると思う。セックスは、その種が生き延びていく上で不可欠なものなので根源的な欲望として脳にセットされている。どれだけ医学が進歩しても、そういった欲望が消失したらその種は生き延びるための活力を失うだろう。

食べることがものすごく重要で大切なことだという事実は揺るぎようがなく、わたしはそういった基本的なことに異議を唱えているわけではない。他にも何かあるのではないか、ということだ。セックスも同様で、ものすごく大切だが、セックスだけのために生きるのはたぶん無理で不自然だし、どこか寂しく、かつ危険だ。セックス、性欲だけではなく愛情が必要だとかそんなことではない。

こむずかしい話になったが、思っていることはシンプルだ。グルメ番組や雑誌がこれだけ流行るのは、「おいしいものを食べる」以外、他に興味を持てない人が増えているのではないだろうか。

＊

だが、しょうがないかもしれない。若い人から、高齢者まで、食べること以外に興味を持つというより、「興味」そのものを、持つのがむずかしいのかもしれない。経済的余裕がない、何より給与が上がらない。退職しても年金だけではそのうち経済的に行き詰まると考えている高齢者も少なくない。そんなときに、いったい何に興味を持てばいいのだろうか。とくに高齢者の場合、趣味だろうか。だが、囲碁・将棋、ウォーキングなどを別にすると、ほとんどの趣味には、ある程度のお金がかかる。

前述したように食べることとセックスには類似点があるが、明らかな相違点もある。セックスはしなくても死ぬことはないが、食べないと死んでしまう。食べることに興味を失い、意欲も失うと、わたしたちはやばいことになる。心身ともに、あるいはどちらかに力がなくなると食欲もなくなる。だから、食べもの、食べることに興味をそそられるのは当然だ。ただ、それだけしかない、というのはどうなのだろうか。しかも、食べものを紹介し、それを誰かが食べるところが、非常に多くのTVシーンや雑誌のページを占めるというのは、どこか不自然で、寂しいし、危険だと思う。

わたしは、生きるために食べるが、食べることは人生の目標ではないし、おいしいものを食べるために生きているわけでもない。話題の店に並ぶようなことは絶対にないし、それなりに経済的余裕はあるが、なかなか予約が取れないフレンチに憧れを持つこともない。何か他にないと、逆に生きるのがむずかしいと思っている。わたしの場合、「小説」だ。

しかし、ややこしい話題を選んでしまった。食べるために小説を書いているわけだが、小説を書くことは、おいしいものを食べるより重要だ。わたしは、作家になってある程度の収入を得るまで、高価な寿司やフレンチやイタリアンを食べたことがなかった。だが、食べたいとも思わなかった。そもそもフランス料理というのがどんなものかも知らなかった。

おいしいものを食べることだけが興味の対象という人生をイメージすると、ぞっとするが、若い人たちはどうなのだろうか。わたしが若いころは、今のような多様な食文化はなかったし、富裕層がどんなものを食べているかも知らなかったし、富裕層そのものも少なかった。今は違う。格差が生まれている。お金持ちが高価でおいしいものを食べていることを誰もが知っている。高価でおいしいものをおごることができる男は、年齢に関係なくもてるだろう。

いずれにしろ、TVや雑誌で、いやと言うほど紹介される「食べもの」に、無関心でいることができて、かつ充実した人生を送るのは、とてもむずかしいことのように思える。

オヤジバンドへの共感と違和感

Sent: Tuesday, November 14, 2017 5:24 PM

前々回、ＰＣ接続のスピーカーについて書いて、その最後のほうに、好きだった歌手、演奏家について、懐かしい感じで言及した。ただ、懐かしい曲というのは、今、何度も聴くわけにいかない。昔、何十回となく、キューバ音楽だと、何百回と聴いたものもあり、当然、その曲の細かい部分まで熟知しているので、いやになっているわけではないが、若干飽きている。クラシックも、バッハとモーツァルトは、『マタイ受難曲』とか『レクイエム』とか長大な楽曲を除いて、たいてい聴いた。たとえばバッハの『ブランデンブルク協奏曲』だと、全曲を聴くと長時間を要するということもあり、好きな楽章に限ってだが、もう何十回と聴いてしまっている。ドビュッシーも好きな曲は繰り返し聴いたし、坂本龍一の『箏《そう》とオーケストラの協奏曲』はたぶん100回は聴いている。

というわけで、現在、どんな音楽を聴けばいいのかわからないという奇妙な状態になってしまった。みんな、どんな音楽を聴いているのだろうか。忍耐を持って探せば、今の日本のポップスにもいいものがあるのかもしれないが、もちろん聴く気はない。考えてみたら、もうジャズもロックもだいたい終わってしまった。もちろん、ジャズの歌手や演奏家はいまだに多いが、歌われたり、演奏されているのはほとんどが往年の名曲だ。新曲がないからだめということではなく、音楽シーン全体をリードしていたころのようなダイナミズムはもうない。

クラシックと同じだ。特別な現代音楽を除いて、新曲はない。素晴らしい演奏家や歌手はいるが、彼らのレパートリーは昔の楽曲ばかりだ。

わたしは、まるで音楽そのものが終わってしまったような印象さえ持つことがある。たとえばポップスだと、どこに新しいものがあるのだろうか。たぶんシャンソンもカンツォーネもきっとどこかで歌われているのだろうが、たとえばエディット・ピアフのような歌手はもうどこにもいない。

*

もう半世紀近く前だが、フリージャズのサキソフォン奏者アンソニー・ブラクストンが来日して、ジャズの雑誌に彼のインタビューが載った。アンソニー・ブラクストンは、『フォー・アルト』という名盤を残していて、作曲と哲学を学んだ本物の音楽家だが、そのインタビュー記事で、ある日本人の有名なジャズマンを評して、「これはただのコピーだ、ジャズでも何でもない」と言っていた。そのあと、偶然テレビで聴いたらしい美空ひばりについて、「この歌手は誰なんだ、これは本物だ、ブルースだ」と話していた。

確かに、日本の、往年のジャズ歌手、シャンソン歌手は、ほとんどが偽物で、今となってはもう聴けない。どうして当時、人気があったのかわからない。本場のジャズやシャンソンをなぞるだけでよかったのだろう。そして、美空ひばりは紛れもない本物の歌手だ。ただ、美空ひばりがレパートリーとする音楽のカテゴリーが、残念ながらどうしても好きになれない。

聴きたいと思う音楽がほとんどなくなってしまった気がする。その代わり、音楽はいたるところで流れている。商店街から、ホテルのエレベーターの中まで、常に音楽はある。また、電車の中とかで、iPhoneやiPodで音楽を聴いている人は非常に多いし、ジョギングをしながらという人も多い。以前、ある音楽家が「みんな四六時中音楽を聴いている、ジョギングしながら聴いている人も多いけど、ぼくにはわからない」みたいなことを言った。彼もわたしも、BGMとしての音楽が苦手だったのだ。音楽は、集中して聴くものだった。

昔の話をしてもしょうがないが、レコード店でビニール盤のアルバムを買うか、もっと昔、自宅にオーディオがない時代はラジオしかなかった。雑音が混じったジミ・ヘンドリックスの『パープル・ヘイズ』を、FENではじめて聴いたときの衝撃は忘れられない。昔はよかったと思っているわけでもないし、そういう感覚は好きではない。ただ、奇妙だなと思う。わたしのPCのiTunesのライブラリには、モーツァルトだけで500曲が収められている。全部で何千曲あるのかわからない。だが、昔のように、新曲に興奮してじっと聴き入るということはない。

＊

ひょっとしたらオヤジバンドが盛んなのも、そういった音楽シーンに関係しているのかもしれない。乱暴な仮説だが、聴く曲がないので自ら演奏しているのかもしれないと思ったりする。勘違いしないで欲しいが、オヤジバンドを批判するつもりはない。バンドを組んでいる友人もいるし、かなりの演奏技術を持つバンドがあることも知っている。しかし、単純な比較はできないが、キューバにオヤジバンドはいない。NG・ラ・バンダやチャランガ・アバネーラの曲を素人が演奏するのは無理だし、タニア・パントーハやハイラ・モンピエの曲は、素人には歌えない。

わたしは、かつてドラムスをやっていて、中学高校とバンドを組み、ビートルズやローリング・ストーンズの曲をやっていた。それなりに楽しかったが、キューバ音楽を知ってから、ドラマーにならないでよかったと何度思ったかわからない。神業にしか思えない技術を持つドラマーが大勢いた。アフリカの血とかではなく、ものすごい時間をトレーニングに費やしたのだ。

あるジャンルの音楽が、どうしていつしか終わってしまうのか、いまだによくわからない。これまでもエッセイにたびたび書いてきたが、バッハやモーツァルトの作曲技法は解明されていて、作曲を学んだ人だったら、その技法を知っている。しかし当然のことだが、世界中探しても、バッハやモーツァルトのような音楽を、つまりバロックや古典派のスタイルの、優れた楽曲を、今作ることができる音楽家はいない。

でもそれは音楽に限ったことではない。印象派の画家の技法も解明されているが、ゴッホやドガのような絵画は生まれようがない。音楽そのもの、絵画そのものではなく、ジャンル、カテゴリーだけが残っている。

ふと、小説はどうなのだろうと思ったが、ひどく面倒なことを考え、書かなければいけないので、言及は避けることにした。

確かに美空ひばりだ、すごい、そう思った

Sent: Monday, December 4, 2017 10:48 PM

前回、聞く音楽がないという状態について書いた。そのあと、周囲の友人たちに「最近、どんな音楽を聞いてる?」と質問したのだが、「これといって、聞いている音楽はない」という返事ばかりだった。わたしの友人はほとんどがメディア関係者で、かつ、若くても30代後半なので、もっと若い人は、今の日本のポップスを好んで聞いているのかもしれない。そもそも「よく音楽を聞く」時期に、とくにポップスを必要とするのは、若いときだけかもしれない。

わたしがiTunesで作ったプレイリストは、全部で20近くある。クラシックは当然のことだが、他のカテゴリーでも、だいぶ前に作られた古いものばかり

だ。いい曲だが、すべて覚えてしまっている。飽きるということはないのだが、イントロ、歌詞、間奏、覚えてしまっている。

60年代から70年代初頭、間奏にフルートが使われることが多かったような記憶がある。サックスやトランペットはみな聞き慣れていて、平凡な印象もあった。フルートの間奏の代表曲はママス&パパスの『夢のカリフォルニア』と、ムーディ・ブルースの『サテンの夜』だろう。両曲とも、間奏の全フレーズを覚えている。日活がロマンポルノに走る直前に故・藤田敏八が撮った『八月の濡れた砂』のテーマソングを石川セリが歌っているのだが、その間奏もフルートだった。

＊

美空ひばりの曲のプレイリストを作った。彼女自身のレパートリーは含まない。美空ひばりがカバーしているヒット曲をダウンロードして作成した。あまりに古い曲ばかりで、この雑誌の読者に申しわけない気がするので、全曲名を書くのは止める。一曲だけ紹介したい。『雨に咲く花』という曲で、戦後、井上ひろしという歌手がリバイバルでヒットさせたが、そのことはどうでもいい。オリジナルは、1935年に作られ、関種子《たねこ》という歌手が歌った。そして、そのオリジナル盤は、アラン・パーカー監督の『愛と哀しみの旅路（1990年製作）』という映画のテーマソングに使われた。

『愛と哀しみの旅路』については以前にも書いた気がするが、第二次大戦中の、日系人の強制収容所の苦難を背景に、デニス・クエイド扮するリベラルのアメリカ人と日系二世女性との恋愛が描かれる。わたしはこの映画をはじめて観たとき、アメリカの日系社会について無知だったことを恥じた。またこの映画は日本人によって作られるべきだと思い、その思いは、日本の伝統行事を英文併記で紹介する『日本の伝統行事Japanese Traditional Events』という大型本を作る大きな動機になった。『JTE』が完成して、わたしは日系社会に数十冊を寄贈した。

美空ひばりは『雨に咲く花』をカバーしている。その歌唱は、完璧と言うしかない。何をもって完璧というかは、人それぞれかもしれないが、まず絶対に音程が狂わない。音程が狂わないなんて、歌手だったら当然だと言われるかもしれないが、最近の紅白歌合戦を聞くまでもなく、音程が狂うというか、メロディ通りに歌えない歌手やグループは大勢いる。さらに美空ひばりは、歌詞がきちんと聞こえるように歌う。これも当たり前ではないかと言われそうだが、歌詞がまったく聞こえてこない、何を歌っているのかほとんどわからない歌手も大勢いる。

「劇団四季」の浅利慶太は、同様のことを歌手に指示していたと聞いた。メロディを勝手に崩さない、歌詞がはっきりと聞こえるように歌う。実際は、非常にむずかしい。「劇団四季」は、現代日本で最高の歌手と、それにダンサーをそろえているが、それは、実力のあるアーティストの活躍の場が限られているということに加え、浅利の厳格な演出と指導があるからだと思う。

そして、さらに美空ひばりは、情感を前面に出さない。抑制されている。

ひょっとしたら他の歌手のカバーなので、リスペクトを示すために抑えているのかもしれないが、すごい技術だと思う。ダメな歌手に限って、いわゆる「泣き」という歌唱を好む。情感たっぷりに、まるで役者のように、演技をするかのように歌う。涙を誘うためだが、わたしは嫌いだ。マリア・カラスも、ビリー・ホリデイも、エディット・ピアフも、その歌唱は厳密で、抑制されている。声に力があるので、ことさら情感に訴える必要はないのだ。

わたしはキューバ音楽に出会い、新旧、多くの優れた女性歌手を知った。シオマラ・ラウガー、ハイラ・モンピエ、タニア・パントーハなど、レコーディングや日本公演をプロデュースした歌手もいる。彼女たちも、偉大な声によって、情感を抑制することができた。

＊

美空ひばりには、一度だけ会ったことがある。コンサートなどではなく、西麻布の有名な和食店だった。わたしは友人と二人でカウンター席にいたが、隣で、当時女優や女性歌手を撮らせたら当代随一というカメラマンが一人で日本酒を飲んでいた。先生、ご無沙汰しております、と言いながら、一人の小柄な女性がカメラマンに近づいてきた。確か赤いワンピースを着ていたが、ごくオーソドックスなデザインで、ヘアもメイクも、派手なところはまったくなかった。あれ？　とわたしの友人が言った。

「あの人、美空ひばりじゃないかな」

隣を見ると、歌手とカメラマンは、静かに談笑していて、周囲の注意を惹くような声も仕草もなかった。確かに、美空ひばりだ、すごい、そう思った。戦後日本を代表する女性歌手に、オーラのようなものはなかった。わたしはそのことをすごいと思ったのだ。オーラなど、わたしは信じない。テレビや雑誌でよく見かける人を実際に見たときに、既視感がオーラという幻想を生む。自分はテレビや雑誌でしかお目にかかれない人を間近に見ていると、勝手に感動しているだけだ。

非常に有名だがオーラを感じない、それが本物だ。オーラなど漂わせる必要がない世界に長く身を置き、当然のことのようにサバイバルしてきた。競争相手もないに等しく、唯一無二の存在だった。そういった人は、五十年か百年に一人、しかいない。

美空ひばりがカバーした歌謡曲は、戦後の貧しい時代、あまり楽しくなかった幼少期の記憶がよみがえるので、聞いていて楽しくなるというものではない。だが、いったん聞きはじめると、脳の深部に作用して、止めるのを忘れてしまう。こういう歌をもう一度必要とする時代が来るとしたら、それは日本人がもう一度、悲惨な歴史を生きるときだろう。

「お前、オリバー・ストーンの新作、見たか」

Sent: Sunday, January 14, 2018 6:13 PM

アメリカ大統領、トランプって、いったいどういう人なのか、報道を見ても、いろいろなレポートを見てもよくわからないとずっと思ってきたし、今もそう思っている。東海岸のリベラル系のメディアは、常にトランプを批判する記事を書く。同様に、よくわからないのが、アメリカで頻発する銃乱射事件だ。去年の10月、ラスヴェガスでは、死者が60人近く、500人以上が負傷した。こんな国が他にあるのだろうか。銃規制の問題だという指摘もある。ラスヴェガスで使用されたのは「AR－15」というセミオートのアサルトライフルで、殺傷力は想像を絶している。ある医師によると「9ミリの拳銃による損傷がナイフで切られたようなものだとしたら、ＡＲ－15による損傷はまるで体内で手榴弾が爆発したかのように凄まじい」ということになる。

そういう兵器も問題だが、それを乱射する人間がいるというのも、問題というか、わたしはよくわからない。宗教的な原理主義のテロでもないし、もちろん怨恨でもない。乱射事件の犯人に関する報道で、動機が推測されるが、納得のいくものではない。日本では銃ではなく刃物で、無差別な殺人が起こる。だがアメリカとは、規模も数も比べものにならない気がする。

ただし、このエッセイはアメリカの銃乱射事件についてのものではないし、世界は「わからないこと」に充ちている。トランプにしろ、銃乱射事件にしろ、このエッセイで考察するような対象ではないだろう。それで、ふとオリバー・ストーンの映画『ＪＦＫ』を思い出した。すでに半世紀前の事件だが、Ｊ・Ｆ・ケネディの暗殺は、全世界にＴＶ映像が流れ、衝撃的で、大きな話題となった。だが、現職の大統領が、白昼、大勢の人々の前で暗殺されるというのは、現代の先進国ではあまり例がないのではないか。

＊

映画『ＪＦＫ』には、付随する思い出がある。封切られたばかりのころ、自作の映画制作か、何かのＴＶ番組への出演か、記憶がはっきりしないのだが、カメラクルーとともにロケに行った。ロケ地に着いたとき、背後から「おい、リュウ」と声をかけられた。同行していたスタッフの中に、わたしのことを「リュウ」と呼び捨てにする人物は思い当たらなかったので、「誰なのかな」と、怪訝《けげん》な思いとともに振り向いた。

当時としてはすでに絶滅種に近かったヒッピーのような、長髪で、あごひげを生やし、絞り染めのシャツを着た人物が、わたしを見ていた。見覚えがあった。元ヒッピー仲間で、しょっちゅう会っていた人物で、確か沖縄の出身だった。

「お前、有名な作家になったんだな」

無表情で、彼はそう言った。ロケバスの運転手をしているらしかった。「昔はおれといっしょにけっこうやばいことをしていたのに偉くなったもんだな」と言われている気がした。元気か、とか、そういうお決まりの挨拶抜きで、彼が、いきなり映画『JFK』の話をはじめた。

「お前、オリバー・ストーンの新作、見たか」

まだ見てないと答えた。

「ケネディ暗殺を描いた、すごい映画だ。あの監督は、たぶん命を張って、あの映画を作ったんだと思う。真実を明かすために、命を張った。お前も、みんなに何かを伝えることができるポジションにいるようになったわけだから、あの映画は絶対に見ないとだめだ」

わたしが実際に映画『JFK』を見たのは、彼との再会よりだいぶあとになった。実は、わたしは『JFK』を見る前、オリバー・ストーンをあまり評価していなかった。『プラトーン』も好きではなかったし、『ドアーズ』はどちらかといえば嫌いだった。そのことをエッセイにも書いた記憶がある。

『コインロッカー・ベイビーズ』というわたしの書き下ろし小説が英訳され、

出版される直前、担当の編集者から電話があった。

「村上さんは、オリバー・ストーン監督って、お嫌いみたいですね」

「ええ、あまり好きな監督ではないですが」

「そうですか。実は、『コインロッカー・ベイビーズ』のゲラを読んでもらったんですが、ストーン監督から、ぜひ推薦の言葉を書きたいと申し出がありました」

「オリバー・ストーンが?」

「そうです。でも、お嫌いなら、止めときますね」

冗談じゃないと思い、書いていただくことにした。推薦の言葉の執筆予定者の中で、もっとも有名な人だった。

そのすぐあと、映画『JFK』を見た。すごかった。

＊

『ＪＦＫ』を見直したあと、ケビン・コスナー、ケネディということで、『13デイズ』を見た。監督はオリバー・ストーンではないが「キューバ危機」を描いた政治劇で、タカ派とリベラルの応酬をはじめ、とてもよくできている。やはりケビン・コスナーの演技は秀逸で、わたしはキューバと縁が深いこともあり、改めて興味深い映画だと思った。

だが、交渉が暗礁に乗り上げ、旧ソ連の核がキューバからアメリカに向けて発射されるかもしれないという流れになって、違和感を抱くようになった。わたしは、何度かマイアミ経由でキューバに行ったことがある。飛行機は、離陸したと思ったら、あっという間にハバナに着く。キューバとアメリカが非常に近いことを実感した。だから「キューバ危機」で、アメリカ中がパニックになったことは理解できる。誰もが神に祈り、核の投下が現実にならないようにと願った。

だが、非常に昔のことになったので、気づきにくいが、アメリカは実際に日本に原爆を投下したんだな、と映画『13デイズ』を見ながら、そう思った。そのことに、違和感を覚えたのだった。

老眼鏡がかっこいいわけではなく、ゴダールがかっこよかったのだ

Sent: Wednesday, February 14, 2018 10:46 PM

老眼になったことで「老い」を意識し、憂うつになってしまう人が多いと、友人の眼科医から聞いた。老眼鏡をかけるのが面倒だという理由で、レーシックの手術を受ける人も少なくないようだ。別にレーシックに批判的というわけではないし、周囲には施術を受けた人も多いが、わたしはやらない。身体にメスを入れるのが怖いというより、単に面倒くさいだけだ。

そんなに面倒くさがりなのだったら、老眼鏡も面倒なのではないかと指摘されそうだが、ただ眼鏡をかけるだけなので、ほとんど気にならない。この雑誌に老眼鏡のことを書くのは、若干気が引けるが、若いみなさんもいずれ老眼に

なるので、まあいいか。

ある友人は、ずっと視力が2・0で、40歳になるかならないかで老眼になったと言っていた。わたし自身は、いつごろから老眼鏡を必要とするようになったか、はっきり覚えていない。わたしもずっと視力がよかったので、たぶん40代後半とか、そのあたりだろう。

老眼になった時期は曖昧だが、近視と乱視になったことはよく覚えている。わたしは幼少からずっと1・5だった。あと、耳もよかった。聴覚テストで、片方ずつヘッドセットを耳に当てて、「音が聞こえたら右手を挙げて知らせるように」と担当医に言われ、ピーという音が聞こえたので、挙手をしたら「ええ？」と驚かれ、「ほんとか、そんなことあり得ないぞ」と疑われた。「じゃあ、音が止んだら、また挙手して」と、そんなことを何度か繰り返し、わたしの聴覚がかなり高度なのだとわかった。

ただし、絶対音感とかとはまったく違うし、単に耳がいいということで有利なことはほとんどなかった気がする。逆に、かすかな音も気になってしまい、神経質になってしまうことのほうが多かった。聴覚が敏感な人には、どんな仕事があるのだろうと、ふと考えたりした。潜水艦のソナー音を判別する探索系の兵士かなと思ったりしたが、ソナーにもパッシブ系とアクティブ系があり、今は、電子装置が発達しているらしいので、何とも言えない。

＊

眼の話に戻る。わたしはTVの経済番組のインタビュアーを、もう十年以上続けている。『カンブリア宮殿』というタイトルだ。カンブリア期というのは、生物の爆発的な進化が起こったことで知られている。カンブリア期の生物の大進化において、「眼」が重要な役割を果たしたという指摘がある。『眼の誕生』(アンドリュー・パーカー　渡辺政隆他訳　草思社)という名著がある。だいぶ前に読んだので、うろ覚えだが、カンブリア期の特徴として、捕食動物が出現したことが知られている。

『カンブリア宮殿』のキャラとして、スタジオのモニタでひらひらと泳いでいるアノマロカリスが、カンブリア期の食物連鎖の頂点にいた。アノマロカリスは、どうやって捕食したのか。それは「眼と視神経の進化」以外には考えられないというのがパーカーの主張で、説得力があった。ただし、アノマロカリスが、周囲の小さな動物を食べ尽くしてしまっていたら、種の多様性が崩れ、やがて生態系全体が危機に陥る。シマウマやヌーなどの草食動物が絶滅してしまったらライオンが生き残れないのと同じだ。

だから、捕食される側の眼と視神経にも進化が起こった。進化は、誤解されることが多い。生物は、自らの意志で進化することはできない。細菌からほ乳類まで、進化は意志によるものではない。ほとんどの場合、進化の端緒は遺伝子の突然変異による。DNAが、あるとき、その鎖がほどけたり、配列が微妙に変わったりして突然変異が生まれる。そういった突然変異は、たいていの場合、病変を生んだりして、その個体、種にマイナスの影響を与える。だが、その中で、「結果的に」その個体・種が生き延びるために役立つことがある、というだけだ。

眼と視神経も、そうやって、たぶん突然変異によって進化の契機が訪れ、捕食される側もアノマロカリスの襲撃を探知できるようになった。それはカンブリア期の生物進化の爆発の大きな要因となった。

＊

老眼になった時期は覚えていないが、わたしの眼と視神経は、40代半ばに、近視と乱視になった。その要因は、生態系とかには関係ない。ＰＣのせいだと、わたしは確信している。ＰＣを使うようになったのは、１９９６年だった。最初のＰＣは、当時潰れそうになっていたアップルコンピュータだった。前年、「Windows 95」が発売されて圧倒的な話題を集め、大多数が、Windows系を選んだ。中には「持っていたＭａｃを捨ててしまったよ」と明言する友人もいた。

どうしてそんなときにＭａｃのＰＣを買ったかというと、95年に『ＫＹＯＫ

O』という映画を撮り、その編集をLAでやったのだが、使われていたのが、Macだったのだ。何となくかっこいいなと思い、当時の潮流に逆らう感じで、選んだ。まだiPhoneやiPadはもちろんのこと、卵形の「iBook」も発売されていないころだった。

今、モニタの鮮明度や輝度は非常に上がったが、当時は、文字がまるで小さな虫のように見え、使い続けると露骨に目が痛くなった。それで、気づくと文字が見えづらくなっていて、眼鏡店に検眼に行って、老眼とともに、近視と乱視になっていることを知らされた。だが、びっくりしたり、老眼になって、歳を感じてがっくりしたり、そんなことはなかった。しょうがないなと、受け入れた。

近視と乱視は意外だったし、多少面倒だなと思ったが、それより、『インザ・ミソスープ』という小説をPCで書き、新聞連載の挿絵もCGで作ったのだが、その新鮮さのほうがはるかに大きかった。あと、若いころ対談で会ったジャン＝リュック・ゴダールが、胸ポケットから老眼鏡を取り出し、かける姿を「なんてかっこいいんだ」と思ったことなども影響していると思う。もちろん、老眼鏡がかっこいいわけではなく、ゴダールがかっこよかったのだが。

老眼が進み、老眼鏡を買い換えるたびに、当然加齢を感じる。だが、とりあえずこの歳までは生き延びたのだと思ったりもする。

「撃ちたくならない？」

Sent: Sunday, March 4, 2018 4:19 PM

アメリカ・フロリダの高校で、また銃乱射事件が起こった。使用されたのは「AR－15」というアサルトライフルだ。恐ろしい殺傷力を持つ。さすがに「銃規制」が民主・共和両党で論議されているようだが、規制の具体案はきっとむずかしいだろうと思う。全米ライフル協会は、日本人には理解できないような影響力を持っているらしいし、すべての銃器を規制するのはひょっとしたら無理かも知れない。トランプ大統領が、まず「bump stocks」という速射・連射装置を規制したいという記事が、確かNYタイムズにあった。

ストックは銃床、バンプは、突き当たる、ぶつかるということだ。銃床と銃の間に取り付け、恐ろしい速さで自動的に弾丸が発射される、みたいなことが、映像を見ると、何となくだが、わかる。その装置は取り付けが非常に簡単で、100ドルから300ドルで買えるらしい。「bump stocks」で検索すると、YouTubeの動画で、その威力がわかる。自動小銃というよりマシンガン、機関銃というイメージだ。こんな銃で、学校の教室など攻撃されたら、生き延びるのは無理かもしれないと思う。アメリカの法律では、一般市民が自動小銃を所持するのは違法ということだが、半自動小銃や「bump stocks」は合法らしい。

ネイティブアメリカンを除くアメリカ人は、開拓史において、銃で自分と家族を守ってきたとよく言われる。またアメリカ合衆国憲法の修正第2条において、「規律ある民兵は、自由な国家の安全にとって必要であるから、人民が武器を保有し、また携帯する権利は、これを侵してはならない」とあり、これが銃規制反対の論拠になっているが、州の権利なのか、個人の権利なのか、議論が分かれているようだ。しかも、拳銃と長銃の違いがあり、またそれぞれの州で規制事項が違う。非常に複雑で、理解するのがむずかしい。こういう状況で、全面的な銃規制が可能なのかどうか、わたしにはわからない。

ただ、仮に、連邦政府命令で銃の全面規制が行われても、すでに大量の銃器が存在している。スポーツ店では買えないだろうが、闇で取引されるだろう。以前、アラスカに行ったとき、スポーツ店に、野球のグローブやテニスのラケットと同じように、拳銃やショットガンが売られていた記憶がある。

＊

銃が悪いのか、それとも使う人間のせいか、という論議もある。銃がこの世の中に存在しなければ使えないわけだが、どういうわけか、あり余るほどある。食糧事情が逼迫《ひっぱく》し、飢えて死ぬ乳幼児が大勢いるような国でも、重武装した民兵がいたりする。カラシニコフは、旧ソ連とロシアだけで７０００万丁生産されたと言われているが、他国でのライセンス生産を加えるととんでもない数字になるだろう。アメリカのM－16も優れた銃で、しかも性能がどんどん上がっている。

人間性が優れているというか、ヒューマニズムが機能していれば、銃があっても悪用されないという指摘もある。だが、果たしてそうだろうかと思うこともある。わたしは、カナダで、ハンターの友人から借りて、森の中で、44マグナムという拳銃を撃ったことがある。反動で手首を折るバカが多いので両手で構えろと言われた。確かにすごい反動だったが、びっくりしたのはその威力だ。白樺の木を撃ったのだが、幹が裂けた。

グアムと、フィリピンのセブ島で、M－16を撃ったこともある。弾丸がかなりの値段だったので驚いたが、日本のその筋の人たちが来て、一日に、日本円で100万円分撃つことがあるとガイドが言っていた。M－16は、ほとんど反動がなく、女性でも撃てるかもしれない。セブ島では、ボートで沖まで行き、ぷかぷか浮かぶビール瓶を撃った。船も揺れるし、ビール瓶も波で揺れるので、命中させるのは簡単ではなかったが、わたしは当時視力が1・5だったこともあり、足腰もまだ丈夫だったので、「あんたは射撃が上手だ」と業者からお世辞を言われた。

ボート上での射撃を終え、ホテルに戻ってきて、ビーチに寝そべっていると き、同行した友人が、「あれ、見ろよ」と、波間に漂い、泳いでいる人々を指さした。遠くの波間で遊んでいる人々は、身体は海中にあるので、頭しか見えない。しかも、顔ははっきり見えなかった。友人は、非常に不謹慎なことを言った。

「あれ、昼間のビール瓶に見えないか？」

そう言われると、人間ではないような感じもしてきた。友人はさらにやばいことを口走った。

「撃ちたくならない？」

さすがに、バカを言うなと友人を諭したが、昼間使ったM－16が手元にあったら、撃ってみたいと思うやつがいるんだろうなと思った。ひょっとしたら、単なる好奇心で実際に撃ってしまうやつもいるかもしれない、そういうことも考えた。重要なのは、遠くにいて、顔が見えないということかもしれない。本当にビール瓶のように見えてしまったのだ。

＊

メンタルに問題がある人ということになるのだろうが、そこら中に銃器がごろごろしている社会では、ちょっと撃ってみようかなと、思いやすいのではないだろうか。とにかく「bump stocks」を付けた「AR－15」の破壊力は壮絶だ。人里離れた山の中で、空き缶や、人型の張りぼてを撃っているうちに、本当に人を撃ってみようかとふと思ってしまう、病的で、孤独な人間は誰一人としていないとは言えないのではないか。

フロリダの銃乱射事件のあと、アメリカではいろいろな論議が起こった。冬季オリンピックどころではないという感じだった。「教師に拳銃を持たせ射撃訓練をして自衛すべきだ」という意見もあったが、そうなると教室で銃撃戦が起こることになる。また、胸が痛くなるような論議もあった。銃乱射が起こったとき、教師は生徒たちの盾になるべきか、というものだ。「わたしは、生徒たちを守るため銃の前に立つだろうと妻に言った」という教師もいたし、「教師の仕事は授業で教えることであり、生徒を守るために死ぬことではない」という意見もあった。いずれにしろ、わたしたちの同盟国というのは、こんな側面を持った国なのだという認識は持つべきだと思う。

小学生から、「気をつかって」話してきた

Sent: Monday, April 9, 2018 9:02 PM

最近、このエッセイで、昔のことばかり書いている気がする。1980年代、そして90年代あたりまで、「今、キューバにいる」「今、イタリアのペルージャにいる」そんな書き出しが多かった。一年の半分くらい、海外で書いていたような記憶がある。90年代後半からPCを使いはじめたが、まだダイアルアップの時代で、送信するのに時間がかかったし、端子の差し込み口がない電話機もあった。それ以前は、ファクスだった。キューバはもちろん、イタリアも街中にファクスサービスはほとんどなく、ホテルに頼んだ。ファクスがないころはどうしたかというと、出発前に原稿を書き上げていくしかなかった。

今は、あまり海外へ行かなくなった。でも、昔も海外旅行が好きだったわけではない。空港まで行き、搭乗券を受け取り、出国手続きをして、ラウンジで待って、飛行機に乗る、そういったことを考えるだけで、面倒で、憂うつになった。当時のエッセイに「セリエAはイタリアに行かないとスタジアムでゲームを見られないし、招聘するキューバのバンドを選ぶためにはキューバに行かないといけない、それだけだ」みたいなことを書いたことがある。

編集者、『カンブリア宮殿』のスタッフなど、飲み食いの相手もほぼ全員年下になった。だいたいわたしより年上のメディア関係者は、ほぼみんな退職している。わたしは、酒を飲みながら、年下の連中に、昔の話をするのは好きではない。自慢話など論外だ。ただ、わたしより海外に詳しい人がほぼゼロだし、いろいろな映画、本、音楽などにもっと詳しい人もゼロで、当然わたしがもっとも長くメディア界にいるわけなので、つい話すことになる。たとえば、アメリカ東海岸とキューバで映画を撮ったことがある、みたいな人はいないので、そういった話題になると、つい話してしまう。

あと、これは飲み仲間だけに限ったことではないが、会食をしていて、他の人の話がたいていつまらない場合が多く、かといって「あなたの話はまったく面白くないから止めて欲しい」とも言えないし、結局は、わたしが話すことになる。わたしは話がうまいわけではないし、好きなわけでもない。面白い体験、興味深い体験を重ねてきたとも思わない。

＊

思い返すと、小学校のころからそんな感じだった。どういうわけか、他の生徒が、わたしの話を聞くために、机の周りに集まってくるのだ。わたしは早熟だったし、よく本を読んでいたので、みな聞きたがった。小学校の高学年あたりから、男子生徒が集まると、女、性的な話題が中心となり、みなわたしの話を聞きたがった。わたしはもちろん童貞だったし、成人映画も、エロ本も、公的には見ることができなかったが、それでも話し手として人気があった。今の状況とあまり変わらない気がする。

　だが、今、年下の飲み仲間とわいわいやって、ついいろいろと話してしまった翌日、疲労もあって、「あんなこと話すんじゃなかった」と思うことが増えた。自慢話は絶対にしないし、みんなが聞きたくもないこと、つまらない体験談を長々と披露するわけでもない。でも徒労感がある。わたしは、あまり気が乗らない人と酒を飲むようなことをしなくて済む職種だし、性格的にもそんなことはしないし、飲み会のメンバーに不満があったわけでもない。

　どういうことなのか、よくわからなかったが、わたしがインタビュアーを務める『カンブリア宮殿』の収録のことを考えて、少し理解できた気がした。『カンブリア宮殿』のゲストとは、収録当日にはじめて顔を合わせる。旧知の人がゲストの場合もあるが、それでも収録日以前に会うことはない。程度の違いはあるが、たいていのゲストは緊張している。まったく緊張していないというゲストはたぶんいない。事業規模は関係ない。年商1億に満たないベンチャー企業から、1兆円をはるかに超える大企業まで、経営トップには緊張が見られる。テレビ出演に際し、まったく緊張なんかしないというような「鈍い人」は経営などできないと、個人的にそう思う。

ゲストとはじめて顔を合わせるのは、スタジオではなく、控え室での挨拶のときだ。挨拶は、短いときはほんの1分ほど、長くてもせいぜい数分、名刺を交換し、ゲストの緊張をほぐすことができれば、と思いながら雑談する。ゲストの緊張をほぐす確実な方法などはない。お世辞などを言うのは嫌いだし、お世辞が通じる相手でもない。心がけているのは、自分は、あなたとあなたの会社について、どのくらい資料を読んでいるかを、それとなく示すことだ。単に「あなたについてこれだけ調べました」みたいなニュアンスになってしまうのは最悪で、そんなことはしない。世間話のような、けっこう他愛もないことを話して、その中に、資料を読み込まないと知りようがないことを織り込む。簡単ではない。

スタジオのトークも、もちろんかなり気をつかう。そう、「気をつかう」のだ。『カンブリア宮殿』のゲストに限らず、わたしは年下の飲み仲間とわいわいやっているときも、おそらく気をつかっている。おそらく小学校のころから、そうだったのだろう。繰り返すが、「気をつかう」というのは、お世辞でもないし、耳に心地よいことを選んで言うことでもない。相手の考え方や興味に沿った話をするわけでもない。この人はどんな話が好きだろうなどと考慮することでもない。

自分の話は面白くも何ともない、と思うようにしている。つまらない、興味が持てない、きっとみんなそう思うだろう。それが前提だ。面白くない話だから、できるだけロジカルに、かつわかりやすい言葉を使おうと思う。相手の知的レベルに合わせるとか、そんなことではない。そんな傲慢な態度は嫌いだ。

小学校のころは、そんなことは自覚していなかっただろうが、自然にそういう話し方をしていたのかもしれない。そういった話し方は、疲れる。疲れるので、飲み食いの翌日「あんなことを話すんじゃなかった」と憂うつになってしまうのだ。だが、生来の性格だし、小学校から続けていることなので、変えようがない。たぶん「気をつかう」ことは、止めないだろう。ただ、今のところ、そのデメリットは「疲れる」だけなので、しょうがないと思うしかない。

昔より今が「普通」

Sent: Friday, May 11, 2018 7:03 PM

「若者」という言葉を見たり聞いたりすることが減った気がする。昔、といっても、半世紀前とかではなく、十数年前くらいだが、「いまどきの若いやつは」と、嘆いてみせる年配者がかなりいた。今、そういう嘆きというか、批判を口にする中高年も減ったように思う。「若者」が、多様化という言葉では表しきれないほど階層化して、具体的にどんな人たちを指すのか、わからなくなった。年配者、中高年、オヤジたちも、同様に階層化して、困窮者も増え、一生、部下を持つことができない人たちも少なくない。

若者とオヤジたちを、自然に区別してしまうような文化もほとんどない。わたしが若者のころは、たとえばロックという音楽があった。当時は、ビートルズでさえ、大勢のオヤジたちが眉をひそめ、嫌悪した。有名なクラシック音楽家が、「アンプの電源を抜けば、彼らは何もできない」というニュアンスのことを大まじめに言ったりしていた。今は、まったく様相が違う。ロックをやっているのはオヤジたちだ。ビートルズを知らない若者も多い。若者たちだけが知っている文化というのが、今、あるのだろうか。

ちょっと前までは、PC、インターネット、TVゲームは若者たちのものだった。でも今は、フェイスブックなどSNSに書き込んでいるのは中高年のほうが目立つし、Amazonで買い物するのもたぶん若者より中高年のほうが多いだろう。今の時代、若者の「武器」と呼べるものがあるのだろうか。「若い」ことが有利なカテゴリーや場が減ったし、どんどん減っている気がする。

例外はスポーツだ。メジャーリーグの大谷翔平の活躍には本当にびっくりした。あんな野球選手は、わたしが子どものころ、想像もできなかった。だが、サッカー界はどうなのだろう。わたしは欧州チャンピオンズリーグ以外はサッカーを見なくなったので、今の日本代表の試合はほとんど見ていない。W杯直前に監督が代わったことは大きな話題となったが、監督交代自体は、海外などでも、例がないというわけでもない。何がいちばんの問題なのだろうと考えて、結局、わたしが代表戦を見なくなったことに象徴されるのだと思った。代表戦への興味を失ったのは、中田英寿が引退したことがもっとも大きな理由だが、それだけではない。

プロサッカーへの興味を失ったわけではなく、日本代表戦への興味を失った。不思議なのは、今の代表選手たちのレベルは過去に比べると上がっているのに、興味を失ったということだ。正確さという点では同等だが、香川のパスは、名波のパスより明らかに速い。わたしのように、代表戦への興味を失ったというサッカーファンは多いと聞いた。つい最近まで、日本で行われる代表戦は、常にスタジアムが満杯で、チケットも簡単には入手できなかった。テレビも常に高視聴率だった。だが、広告代理店の友人によると、視聴率が低迷しつつあって、スポンサー獲得も、以前と比べるとむずかしくなったらしい。

　これは「後退」だろうか。ボスニア出身のハリルホジッチ元代表監督は、更迭された理由がわからないと言った。実はわたしにもわからない。サッカー協会が言った「コミュニケーションに問題があった」とは、どういう意味なのか不明だ。まるで高校の部活の監督・部長みたいな言葉遣いだ。しかし、日本のサッカー協会というのは、昔からそんな感じだった。

　何が変わったのか。わたしは、「ブームが終わった」のだと思う。そして、それは悪いことではない。欧州や中南米のサッカーは「ブーム」などではなく、生活の一部で、日本もそういった状況に半歩か、一歩近づいたのではないだろうか。欧州、中南米のファンは、負け試合やつまらないゲームが続くとスタジアムに行くのを止める。そういう「ごく自然な」状況に近づきつつあるのではないだろうか。だから、大いに喜ぶことでもないが、悪いことではない。

「若者」にとって、「勤め人」になるメリットが減った、というより、一部のエリート層を除いてほとんどなくなった。そういう時代、「どう生きればいいのか」という問いそのものが成立しなくなった。「人並みの暮らしができればいい」という考えの若者も増えている気もするが、そもそも「人並み」の基準が曖昧だ。人並みとは、どのくらいの年収があればいいのか。平均で見ると、20代前半（男女全体・数字は「国税庁」）で約250万、20代後半で約350万、30代前半で約400万、30代後半で約430万だが、だいたいこのあたりまでが、広義の「若者」と呼べるかも知れない。

ただ、問題は、40代後半でも約490万、ということだろう。年収がそれほど上がっていかない。もちろん、たとえ高度成長期でも爆発的に年収が上がっていったわけではないが、「勤勉に働いていれば給料は上がっていく」という

＊

期待感は確かにあった。株価にしても、景気というのは、「期待感」が大きな要因となる。この感じだと、景気はよくなっていくというイメージ、思いが、需要に影響する。その極端な例がバブルだ。

そして、そういった期待感が希薄な状況では、「若者」が、プロスポーツ選手や、ダンサー、料理人、棋士など、「個人の実力」で勝負できる仕事を選ぶのは合理的だし、彼らは健康的だ。

わたしが子どものころ、高度成長期はもちろん、成熟期、そしてＩＴバブルのころまで、成功に対し、露骨な意欲を示す「若者」は多かった。でも、今、たとえば「一旗揚げる」は、すでに死語ではないだろうか。「六本木ヒルズに住んで、アルマーニを着て、フェラーリに乗るんだ」などと宣言する「若者」は、極端に減っただけではなく、一般的にも人気がない。ＦＸやビットコインで大儲けしたという「若者」は、おもにネットでひんぱんに紹介されるが、彼らがリスペクトされているとは思わない。当然のことだが、そういった傾向は悪いことではない。よいことだ。

戦争という甚大な犠牲を払い、欠乏期から回復したあと、巨大な需要が生まれ、高度成長が訪れた。わたしの世代だけではなく、メディア全体は、高度成長が、実は異様な時代だったということを忘れがちだ。

あのころに比べると、今はとても「普通」なのだ。

永遠なるヒース・レジャー

Sent: Monday, June 4, 2018 9:50 PM

昔の映画ばかり見ている。最近立て続けに、スパイク・リーの『マルコムX』と、S・キューブリックの『スパルタカス』、それにグレゴール・ジョーダンの『ケリー・ザ・ギャング』を見た。舞台となる時代も違うが、それぞれすごい映画で、共通点は「権力への抵抗」だった。言い方を変えれば「自らの運命への抵抗」だ。でも、運命に抵抗するわけなので、最後は、必ず、暗殺とか処刑とか、殺される。

『ケリー・ザ・ギャング』は、オーストラリア映画で日本未公開ということもあり、あまり知られていない。わたしも「ヒース・レジャー」で検索をかけ、D

VDを購入した。恥ずかしいことに、オーストラリア映画といえば『マッドマックス』くらいしか知らなかった。『マッドマックス』シリーズ第一作に主演してハリウッド進出を果たしたメル・ギブソンはもちろんオーストラリア出身だが、他にもそうそうたる俳優がいる。ラッセル・クロウ、ジェフリー・ラッシュ、エリック・バナ、ケイト・ブランシェット、ニコール・キッドマン、ナオミ・ワッツ、すごい。英語圏なのだから当然という見方もできるだろうが、ハリウッドが、常にいい俳優、監督を、探し続け、起用し続けてきたという側面もあると思う。

ヒース・レジャーは、特別な俳優だった。『ブロークバック・マウンテン』は衝撃的で、若き日のマーロン・ブランドやデ・ニーロを想起した。死後の公開となった『ダークナイト』は、感傷的になりそうで、しばらく見ることができなかった。『ケリー・ザ・ギャング』は、原題『Ned Kelly』で、オーストラリアでは伝説の人物だ。アイリッシュで、差別され、銀行強盗になったが、人々の借用証書を燃やし、貧しい人に強奪金を分け与えて、英雄視された。昔、トニー・リチャードソン監督、ミック・ジャガー主演で映画化されたこともある。俗に言う義賊だが、彼らはなぜ革命家にならず犯罪者になったのだろうか。

おそらく教育がなかったからだと思う。マルコムXは、刑務所でイスラムについて勉強したが、フィデル・カストロはハバナ大学法学部のエリートだった。政治・経済・軍事などに関する知識がなければ、革命は不可能だ。今の日本でも教育格差が問題になるが、ひょっとしたら歴史的に、権力者は、貧しい人々が教育の機会を奪われている状況を歓迎するのかも知れない。教育を受けなければ、自分がアンフェアな状態にあることを自覚し、その要因を知ろうとするのはむずかしい。

＊

話題が唐突に変わるが、来期からサッカー欧州チャンピオンズリーグのオンエアメディアが、スカパー!から、オンデマンドに移るらしい。録画できなくなるようなので、わたしにとってはよいニュースではないが、しょうがないと思うしかない。メディアは、非常な速さで変化していて、どういうわけか当の既成メディア自身が、そのことに気づいていない感じがする。おそらく気づきたくないのだろう。

雑誌にこういうことを書くのは気が引けるが、紙の雑誌、新聞はほぼ壊滅状態に等しい。電車内で雑誌や新聞を読んでいる人は激減した。ホテルのラウンジなどでも、わたしの印象では9割の人がスマートフォンを見ている。ノートPCはもちろん、iPadもあまり見かけなくなった。ニクソンを辞任に追いやったウォーターゲート事件をスクープした「ワシントン・ポスト紙」を、アマゾンのジェフ・ベゾスが「ポケットマネー」で買収したのは象徴的だ。確か日本円で250億円くらいだったと思う。アマゾンの資金ではなく、ジェフ・ベゾス自身の金で、「ファンだったから」と買い取ったのだ。利益が目的ではなく「ポスト紙のファンだったんだよ」と言った。

それではネットメディアが安泰かというと、違う。アメリカの本家が凋落しても健闘していた「ヤフー！ジャパン」でさえも、輝きを失った印象がある。

数年前だが、あるネットビジネスの専門家に「もっとも多くの人が見ているニュースメディアは、朝日新聞やTBSではなくYahoo!のヘッドラインなんです」と聞いた。だが、もう今はそのころとは様相が違う。Yahoo!のポータルサイトは、今でもとてもよくできているが、スマホでは見づらい。Yahoo!をスマホで見ている人は少ないはずだ。Googleも危機感を持ち、自動車の自動運転などにシフトしている気がする。「フェイスブック」などSNSもこれまでのような拡大は収まった感がある。「LINE」は健在らしい。

わたしはたまに「村上龍電子本製作所」の「フェイスブック」のページに書き込むが、それ以外では使わない。「LINE」もしない。使うのは、昔ながらのPCによるメールだ。仕事の連絡は、すべてPCのメールで行う。スマホは持っているが、老眼ということもあり、ショートメール以外では、基本的に電話機能しか使わない。ただSNSや「LINE」を否定したり批判しようとは思わない。便利だと思う。ただ「LINE」が典型だが、コミュニケーションをとる人の範囲が狭くなっている。

比例するように、モニタというか、映像や画像の画面が物理的に小さくなっている。劇場で映画を見る人は減っていると聞いた。古い話で恐縮だが、『ベン・ハー』を70ミリの映画館で見たときは、まずその画面の大きさに驚いた。撮影機材そのものも小型化している。ハイビジョンカメラは、最初巨大だったが、今は、車中シーンでフロントミラーにクリップで取り付けることができる。照明機材やクレーンなども小型化、高性能化した。

劇場のスクリーンから、テレビ画面になり、YouTubeが生まれ、今や、PCでもなく、多くの人がスマホで映像を見るようになった。わたしもたまにYouTubeで往年のサッカー選手のゴールシーンを見たりするが、ボールが見えづらい。荻野目洋子の昔の姿もたまに見るが、当時の録音のせいだとはいえ、音は悪い。

小型化は決して悪いことではない。4Kの液晶画面でDVDが見られるようになったのは明らかな進歩だ。だが、どうなのだろう。ヒース・レジャーの正確で複雑な演技は、スマホの画面でもわかるのだろうか。

あとがき

このエッセイは、約34年間、連載されてきた。原稿は、初期はもちろん手書きで、そのあとファクスになり、やがてメールで送るようになった。原稿の受け手は、小野典子さんで、彼女は、わたしがアルジェリアで頼み込んで託した商社員から手書きの生原稿を受け取り、ハバナからは不鮮明で判読がむずかしいファクス原稿を受け取る、ということを34年間続けてきた。

言葉が見つからないほど、小野さんには深く感謝している。この先、30年続く連載エッセイを書くことは、絶対にない。『すべての男は消耗品である。』というエッセイは、小野典子さんとの協働で続けることができた。

『すべての男は消耗品である。』というタイトルには、下の句がある。下の句は、過去の単行本にも明かしているので、ここでは書かない。

34年続けてきたエッセイの連載が終わり、「単行本・最終巻」がこうやって出版された。読み返すと、さすがに時の移り変わりと、加齢を感じるが、当然のことなのでしょうがない。だが、わたしの考え方、好みは、充分すぎるほど反映されている。これまで、反省は多々あるが、後悔はない。

「最終巻」が、連載元とは別の出版社である「幻冬舎」から上梓されるのも、いろいろな意味で象徴的だと思う。担当の石原正康君とは、多くの本をいっしょに作ってきた。「最終巻」を彼が担当してくれたことに、感慨深いものを感じる。

装画は安井寿磨子さんに描いていただいた。連載が開始され、単行本化されるようになったころに装画を描いてくれた安井さん以外、「最終巻」の表紙の絵は考えられなかった。
装幀の鈴木成一氏とも、本当に長い長い付き合いになった。いつものことながら感謝しています。

村上龍

July 18, 2018　横浜

特別寄稿

坂本龍一

龍へ、

『すべての男は消耗品である。』のVOL．1に目を通してみたよ。ところが目がなかなか文章を追えないんだ。もちろんVOL．1は全編にセックスに関することが山盛りだ。そのせいなのかな、あるいは龍の殊更に偽悪ぶった女性に対する差別的な書きようが、現在のぼくには苦しく感じるということなのかな。

一つ言えることは、当時の文体にとても読点が多くて、それがぼくを読みにくくさせていることはある。そして龍の姿勢が——もちろん当時のぼくも——ひどく戦闘的だということ。こんなに挑戦的——何に対する挑戦なのか——だったんだと、改めて驚かされたよ。文体は思想に表れるんだろうか、その逆ではなく。龍は谷崎潤一郎を継承する文章家だと、ぼくは勝手に思っていたんだけど、現在の文体の方がぼくは好きだな。この最終巻は違和感なくすらすら読める。ぼくらは少しは成長したのか、あるいはただ老いただけなのか。でも80年代から考えると、とても遠くまで来たものだというのが正直なところ。

ところで、知ってのとおり、ぼくには知り合いは多いけど、友達はとても少ない。ぼくなりの友達の定義があって、龍はその友達の一人だ。

それなのに君の家に行ったこともないし、家族とも会ったことがない。40年も友達なのにだ。君は紹介しようとしないし、ぼくも特に強要はしない。ぼくが人の家に行って、その家の家族の写真などを見せられるのを、すごく面倒がるタイプの人間だということを龍はよく知っているからだろうね。それに、朝まで飲み明かして激論をしたこともないな。たまに食事をしながら世間話をして、軽く飲みに行って、それだけ。そんな関係なのに、ぼくが助けを必要とする時に——それほど多くはないけれど——君は絶対にぼくを守ろうとする。なんだろう、面白いよ、こんな友達もいるんだから。結局ぼくはこれからも君の家族に会うことがないんだろうな。ありがとう、そんな友達でいてくれて。

この作品は二〇一八年九月小社より刊行されたものです。

すべての男《おとこ》は消耗品《しょうもうひん》である。
最終巻《さいしゅうかん》

村上龍《むらかみりゅう》

令和2年4月10日　初版発行

発行人――石原正康
編集人――高部真人
発行所――株式会社幻冬舎
〒151-0051東京都渋谷区千駄ヶ谷4-9-7
電話　03(5411)6222(営業)
　　　03(5411)6211(編集)
　　　振替00120-8-767643
印刷・製本―中央精版印刷株式会社
装丁者――高橋雅之

幻冬舎文庫

ISBN978-4-344-42976-5　C0195　む-1-38

幻冬舎ホームページアドレス　https://www.gentosha.co.jp/
この本に関するご意見・ご感想をメールでお寄せいただく場合は、
comment@gentosha.co.jpまで。